창귀무쌍 7

2024년 4월 15일 초판 1쇄 인쇄
2024년 4월 18일 초판 1쇄 발행

지은이 송장벌레
발행인 김관영

기획 박경무 강민구 임동관 조익현 최시준 신정윤
책임편집 김홍식
마케팅지원 유형일 박민정

발행처 (주)로크미디어
출판등록 2003년 3월 24일
주소 서울시 마포구 마포대로 45 일진빌딩 6층
Tel (02)3273-5135 **Fax** (02)3273-5134
홈페이지 rokmedia.com **E-mail** rokmedia@empas.com

값 9,000원

ISBN 979-11-408-2402-1 (7권)
ISBN 979-11-408-1784-9 04810 (세트)

송장벌레 신무협 장편소설 7

차례

숙련된 조교의 시범 (2) 7

뭐 하는 남자야? 29

창마(槍魔) 93

나락노야(奈落老爺) 169

새로운 얼굴 249

숙련된 조교의 시범 (2)

추이가 메고 있던 외끈 자루에서는 많은 것들이 쏟아져 나왔다.

식수 두 관(貫)이 담긴 가죽 자루, 육포와 벽곡단 아홉 끼니분, 마른 옷가지와 신발, 수건, 침낭, 담요, 처네형 유삼(油衫), 화섭자, 야삽, 반합, 낚싯줄, 작은 송곳과 단도, 손도끼…….

어디 먼 외딴 무인도에 표류하고도 끄떡없이 살아남을 수 있을 정도의 도구들이 모습을 드러냈다.

그 광경을 지켜보고 있던 구예림이 입을 딱 벌렸다.

"……뭐, 뭔가 엄청 본격적이군. 무겁지 않나?"

"외끈 자루의 무게는 제 체중의 이 할을 넘지 않게 조절해 두었습니다. 최소한의 부피와 무게로, 나름의 중요도에 따라

순차적으로 배치한 것들입니다."

"중요도? 챙긴 것들의 기준이 뭐지?"

"'없을 경우 사흘 안에 죽을 수도 있는 것'들을 제일 먼저, 그다음은 '없을 경우 다치거나 아플 수도 있는 것'들을 나중에, 마지막에는 '없어도 상관없지만 있을 경우 더 길게 생존할 수 있게 만들어 주는 것'들입니다."

군인 시절 춥고, 습하고, 불결하고, 심지어 위험하기까지 한 곳에서 늘상 뒹굴어야 했던 추이다.

어쩌다 조금 편한 곳에서 머물게 되었을 경우 선임들의 지독한 군기 잡기와 병영 부조리, 각종 괴롭힘에 시달려야 했다.

살수로 뛰던 시절에는 두말할 것도 없었다.

목표 대상을 암살하기 위해 하루고 이틀이고 흙 속이나 물속, 심지어 변소 밑까지 숨어드는 것은 예사였다.

오죽했으면 긴 시간 매복해 있다가 피부에 이끼가 끼었던 적도 있었다.

추이는 그 시절, 수많은 악조건을 버틸 수 있게 만들어 주었던 세 가지를 회상했다.

그것은 사랑하는 사람이라거나, 포근한 가족이라거나, 맛있는 음식이라거나, 그 외 기타 꿈과 희망찬 것들과는 거리가 먼.

'……의지, 기술, 장비.'

실로 건조한 것들이었다.

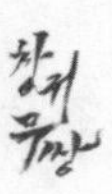

'내 의지는 두 번의 삶을 겪어 오면서도 흔들리지 않았다. 기술 또한 마찬가지. 무뎌지기는커녕 더더욱 세밀하고 정교하게 다듬어졌다. 이제는 장비의 문제만이 남았을 뿐.'

추이는 회귀 전에 썼던 각종 장비들을 떠올렸다.

지금은 다절변칙(多節變則)의 무기인 매화귀창 하나지만…… 예전에는 훨씬 더 많은 기물들을 가지고 다녔었다.

그것들을 다시 예전 수준으로 모으고 정비하려면 앞으로 갈 길이 멀다.

'애초에 그것 때문에 등천학관에 들어온 것이기도 하니까.'

추이가 이런저런 생각을 하고 있을 때, 구예림 역시도 추이를 바라보며 이런저런 생각을 하고 있었다.

'대체 뭐 하는 사람이지?'

긴 여정에 무엇이 필요한 줄도 모르는 강호 초출인 줄 알았더니, 준비한 것들을 보면 마치 한평생 오지를 돌아다닌 노강호 같은 느낌이다.

'누군가가 조언을 해 준 것인가? 하지만 대체 누가? 주작관에 그런 사람이 있을 리가 없는데.'

구예림은 추이에게 질문을 하기 위해 고개를 들었으나, 이미 추이는 다른 것을 하고 있었다.

…뚝! 끼리릭- 퍼억- 퍽- 우드득!

추이는 야삽으로 구덩이를 파더니 그 안에 젖은 통나무 하나를 끌어다 놓았다.

이윽고, 추이는 젖은 통나무를 뒤집고는 물에 젖지 않은 부위를 칼로 파 내려갔다.

죽은 나무의 한쪽, 심 부근까지 파고들자 안쪽의 바싹 말라 있는 부분이 드러났다.

추이는 그곳에 마른 잎들을 뿌려 놓고는 솔방울 몇 개를 얹었다. 그리고 그 위에서 화섭자를 그어 불을 피웠다.

…화르륵! 딱- 따닥- 타닥타닥……

말라서 비늘이 벌어진 솔방울 속, 송진들이 방울방울 타들어가며 불길이 번진다.

매캐한 연기가 풀썩풀썩 피어오르는가 싶더니 이내 뜨거운 불길이 일어났다.

추이는 불구덩이 옆으로 땅을 길게 파고는 그 위에 넓적한 돌들을 올려 연기가 지나가는 통로를 만들었다.

불구덩이 저편으로 연기가 뿜어져 나왔고 연기가 땅 밑으로 지나가는 길은 천천히 덥혀진다.

그 위에 추이는 천막을 세웠다.

긴 나뭇가지 두 개를 세우고 그 위에 더 긴 나뭇가지를 뉘인 뒤 양쪽으로 갈빗대를 세우듯 나뭇가지들을 덮는다.

ㅅ자 모양으로 완성된 나뭇살들의 위에 축축한 진흙을 덮어 살을 붙이고 그 위에 마른 낙엽들을 덮자 비바람을 피할 수 있는 막사가 완성되었다.

"……."

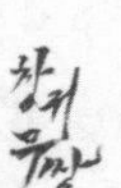

구예림은 저도 모르게 조금 감탄해 버렸다.

"보, 복잡해 보이는 것을 잘도 만들었군."

"전혀 복잡하지 않습니다. 간단한 편입니다."

"이게 간단하다고?"

구예림은 처음에 추이가 겸손을 떠는 것이라고 생각했다.

하지만 뒤이어지는 추이의 말을 들어 보니 그가 진심이라는 것을 알 수 있었다.

"원래라면 막사 바깥으로 연기나 빛이 새어 나가게 두면 안 됩니다. 그렇게 하기 위해서는 배수로나 굴뚝을 훨씬 더 깊고 길게, 복잡한 각도로 파 놔야 하지요."

"연기랑 빛이 새어 나가면 안 된다고? 왜?"

"적에게 저격을 당하거나 표적의 경계심을 자극할 수 있기 때문입니다."

"……? ……? ……?"

군인, 혹은 살수들은 자기 몸의 안위를 걱정하는 것에 앞서 적의 시선을 신경 써야 한다.

하지만 이곳에서는 아무것도 신경 쓸 필요가 없다.

위험도, 제약도 없이 그저 자기 몸을 편하게 하는 것에만 신경 쓰면 되니 이 얼마나 자유롭고 안락한가.

한편. 구예림은 추이의 말을 멍하니 듣고 있었다.

'이 사람은 대체 어떤 길을 걸어온 걸까?'

생도들에게 강의 평판이 좋길래 애송이들을 가르치는 재

주 하나는 있는 인물이구나 싶었었다.

하지만 직접 겪어 보니 그 외에도 묘한 면들이 상당히 많았다.

말을 기가 막히게 잘 몬다 싶었더니, 힘든 야숙 생활도 척척 해내고, 무엇보다 수없이 많은 수라장을 거쳐 온 노강호의 관록이 엿보인다.

'참으로 알 수 없는 사내다.'

구예림은 한참 동안이나 생각에 생각을 거듭하다가 그만 몸을 말릴 순간을 놓쳐 버리고 말았다.

"엣취!"

그녀는 재채기를 한 번 한 뒤, 약간 머쓱한 표정으로 추이에게 말했다.

"그…… 서문 부교관. 혹시 내 막사도 하나 만들어 줄 수 있나?"

⁂

타닥- 타닥- 타닥-

모닥불의 온기가 땅 밑에서 전해져 온다.

이런 간이 온돌 구조를 순식간에 만들어 낸 서문경 부교관의 솜씨에 구예림은 거듭 감탄하고 있었다.

하지만, 놀라는 것은 아직 일렀다.

구예림은 손바닥 위에 올려져 있는 한 알의 작은 구체를 보며 더더욱 놀라야 했다.

서문경 부교관이 준 벽곡단.

구예림은 그것을 먹어 보았다.

그리고 그 결과는.

'……! ……! ……!'

충격적일 정도의 별미.

그것은 꼭 야숙 중이 아니더라도 때때로 생각날 정도로 맛있는 것이었다.

'대체 뭘로 만들었길래 벽곡단이 이렇게 맛있지?'

벽곡단이라면 구예림 역시도 챙겨 왔다.

본래 벽곡단이라는 것은 송홧가루에 솔잎, 콩가루, 대추, 밤 등을 말려서 빻은 뒤 꿀에 개어 둥글게 뭉쳐 말린 것을 뜻한다.

그래서 먹으면 아주 약간의 단맛과 함께 극도로 뻑뻑한 가루 맛밖에는 나지 않는다.

하지만 추이가 만든 벽곡단은 구예림의 것과는 확연히 달랐다.

병량환(兵糧丸). 추이는 벽곡단을 그렇게 불렀다.

미식가인 구예림은 엄지와 검지를 둥글게 만 것 같은 크기의 환약을 입에 넣고 씹었다.

'찹쌀가루…… 콩가루…… 깨…… 그리고 쪄서 말린 정어

리인가? 탁주랑 꿀도 들어간 것 같은데. 조미료는 뭘 쓴 거지? 엄청 맛있네 이거. 중독되는 맛이야……'

야숙을 할 때가 아니더라도 종종 술안주로 씹고 싶어지는 맛이었다.

그때.

철벅철벅철벅-

구예림은 막사 밖에서 나는 소리에 몸을 일으켰다.

'뭐지?'

낙엽 이불을 헤치고 막사 밖으로 고개를 내밀자.

저벅- 저벅- 저벅-

모닥불 앞으로 걸어오는 추이가 보였다.

"서문 부교관? 손에 그것들이 다 뭔가?"

"옆에 개울가에서 잡아 온 것들입니다."

추이는 구예림의 앞으로 뭔가를 내밀었다.

그것은 긴 갈대 줄기에 꿰여 있는 참게와 은어, 그리고 물새 두 마리였다.

반대쪽 손에는 물새 둥지에서 주워 온 듯한 알도 네 개나 있었다.

타닥- 타닥- 타닥- 타닥-

대나무 살에 꿰인 은어와 참게가 모닥불 귀퉁이에서 익어간다.

불 위의 넓적한 돌판에 올려진 물새 알도 넓적하게 퍼진

채 고소한 냄새를 내뿜고 있었다.

추이는 능숙한 솜씨로 물새의 깃털을 뽑았고 내장을 제거한 뒤 그것을 활엽수의 큰 잎에 몇 겹으로 감쌌다.

그 뒤 그것에 진흙을 두껍게 바른 뒤 모닥불 속에 넣고 구웠다.

구예림은 그것들을 보며 침을 꼴깍 삼켰다.

"서문 부교관. 그거 먹을 건가?"

"당연히. 먹으려고 잡아 왔습니다."

"그러니까 내 말은…… 혼자 다 먹을 수 있느냐는 뜻이었다."

"원하신다면 반 드리겠습니다."

"원한다!"

추이가 고개를 끄덕이자 구예림은 모닥불 앞에 앉았다.

이윽고, 구운 은어 한 마리, 참게 한 마리, 물새 알 두 개, 그리고 물새 한 마리가 구예림의 앞에 놓였다.

구예림은 그것들을 먹으면서 생각했다.

'팔아도 되겠다.'

그녀는 곧장 추이를 향해 자신의 생각을 밝혔다.

"서문 부교관은 객잔을 차려도 성공할 것 같군."

"……."

추이는 말이 없다.

머쓱해진 구예림은 참게의 게딱지를 불에 던져 넣으며 말을 이었다.

"그러고 보니 잡아 온 것들이 다 둘씩이야. 설마 처음부터 나에게 나눠 줄 생각이었던 것인가?"

"딱히 그런 것은 아니었습니다. 나름의 기준에 따라 행동했을 뿐."

"그, 그렇군. 그 기준이라는 게 뭔가?"

"둘은 하나이고 하나는 없는 것. 생존 필수품을 넉넉하게 구비하는 것이 중요하다는 뜻입니다."

어떤 물건을 하나만 가지고 있으면 그것을 망실하였을 경우 곧바로 위기가 찾아온다.

그러니 무언가를 준비할 때에는 늘 여분까지 준비하는 것이 생존의 지름길이었다.

그 말을 들은 구예림은 천천히 고개를 끄덕였다.

"그 말은 나의 스승님께서도 늘 하시던 말씀이지. 신기하군. 자네는 의외로 강호 경험이 아주 많은 것 같아. 어쩌면 나보다도 훨씬 더 말이야."

"......."

추이는 여전히 말이 없다.

모닥불은 침묵을 장작 삼아 조용히, 은은하게 타오르고 있었다.

어색해진 구예림은 다른 화제를 꺼냈다.

"그나저나, 비가 점점 더 심해지는 것 같아서 걱정이군.

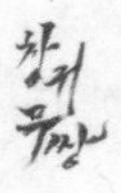

이러다가 길을 잃을 수도 있겠다. 지도가 쓸모가 없어질 테니까."

폭풍은 나그네를 정처 없게 만든다.

강물이 범람하여 다리를 끊고, 길이 토사에 덮여 사라지고, 풀이 자라나 풍경의 모습이 변하고, 이정표가 바람에 꺾여 이상한 방향을 가리키게 되거나 아예 뽑혀 날아가 버리기 때문이다.

……하지만.

"그럴 일은 없습니다."

"뭐? 어째서인가?"

"제가 모든 길을 알고 있기 때문입니다."

"……!"

구예림은 들고 있던 지도를 내려놓으며 멍한 표정을 지었다.

"아, 아무리 그래도 성 내의 모든 길을 외우고 있지는 않을……."

"이 숲을 통과하여 바윗골을 지나 계곡을 따라 내려가다 보면 관제묘가 있습니다. 그곳을 거쳐 남쪽으로 왔던 만큼 내려가면 서류소가 나올 것입니다. 그곳에서 말을 반납하고 휴식하면 됩니다."

"……!"

추이는 과거 호질표국의 쟁자수로 일하던 시절 이곳을 뻔

질나게 돌아다녔다. 그래서 안휘성과 하남성 내부의 지리라면 꽤나 빠삭하게 기억하고 있었다.

하지만 그 사실을 알 리 없는 구예림은 그저 멍한 표정을 짓고 있을 뿐이다.

'……아니. 대체 정체가 뭐지, 이 남자?'

점점 더 혼란스러워져 가는 마음으로.

비가 그친 새벽.

구예림과 추이는 일찍부터 행낭을 꾸렸다.

"이랏!"

두 사람이 모는 말은 아침 해가 뜰 때까지 쉬지 않고 달려서 늦은 점심쯤에는 숲을 완전히 통과하여 대로로 나왔다.

간밤의 폭우 때문에 노면의 상태는 그리 좋지 않았다.

군데군데 커다란 자갈들이 흩어져 있었고 푹 꺼져 있는 진흙탕도 많았다.

추이는 말을 몰아서 안전한 길로만 달렸다.

돌이나 나뭇가지, 진흙탕 등의 장애물들을 자연스럽게 피해서 말을 몰아가는 추이의 솜씨에 뒤따라오던 구예림은 절로 감탄할 수밖에 없었다.

하지만 그뿐만이 아니다.

“이 앞쪽으로 십 리쯤 가다 보면 관제묘가 하나 나올 겁니다. 다만 지난밤의 홍수를 버텨 냈을지는 모르겠군요. 담장이 낮기 때문에 수해를 입었을 가능성이 큽니다. 하지만 그렇다고 해도 내벽 안쪽에 있는 초료장의 벽은 굳건하니 말에게 여물을 먹이는 것 정도는 가능할 겁니다.”

“여기서 오른쪽 길로 돌아서 산등성이를 하나만 넘으면 표사들이 머무는 정거장이 있습니다. 그곳은 근처에 있는 대여섯 개의 토반옥과 교류를 맺고 있으니 청한다면 말을 바꿔줄 것입니다. 지금 타고 있는 말이 너무 지쳤다 싶으면 거기서 새 말로 교체할 수 있을 겁니다.”

“저 앞쪽의 산을 넘어가게 되면 한동안은 민가를 구경하기 어렵습니다. 간혹 먼 길을 가는 나그네들을 위한 객잔들이 있기는 하지만 정말 극소수이고 그마저도 장사를 하지 않는 경우가 많습니다. 그러니 산을 넘어가기 전에 식수와 식량을 충분히 구비해 두고 야숙 준비를 단단히 해야 합니다.”

추이는 어지간한 표사들만큼이나 지리와 길에 대해 해박했고 또 쟁자수들이나 알 법한 자질구레한 정보들까지 모두 알고 있었다.

나름대로 이곳저곳을 많이 다녀 보았다고 자부하던 구예림조차도 놀랄 정도였다.

‘이쯤 되면 오히려 내가 졸졸 뒤따라다니는 느낌인데…….’

구예림은 저만치 앞서 달리는 추이의 뒷모습을 보며 생각했다.

여정을 시작하기 전에는 모자란 부하를 챙겨 주며 상관의 위엄을 세울 생각이었는데, 지금은 상황이 달라져도 너무 달라졌다.

이건 흡사 무능한 상관이 유능한 부하에게 얹혀 가는 느낌이 아닌가.

지금껏 늘 상관보다 유능하다는 평가만 받아 왔던 구예림에게 있어서 이러한 경험은 너무나도 낯선 것이었다.

'당황스럽군.'

누군가가 자신을 챙겨 주는 동시에 보호해 주는 느낌, 이런 감정을 느껴 보는 것은 실로 오랜만이다.

그녀가 기억하기로 이번이 딱 세 번째였다.

어렸을 적 스승의 손을 잡고 다니던 시절에 한 번, 그리고 그보다 더 어렸을 적에 또 한 번…… 그리고 바로 지금이다.

"……."

구예림이 고개를 들자 저 앞에 있는 추이의 뒷모습이 눈에 들어온다.

세차게 불어오는 바람.

어쩐지 넓게 느껴지는 등.

'아빠…… 같이 가……'

오래전의 기억을 떠올린 구예림이 저도 모르게 입을 열려 할 때.

"!?"

구예림의 몸이 별안간 옆으로 확 기울었다.

말이 발을 헛디딘 것이다.

…화악!

말이 바닥에 나뒹굴기 직전 구예림은 안장을 박차고 허공으로 뛰어올랐다.

"뭐, 뭐지?"

구예림은 당황한 듯한 표정으로 고개를 돌렸다.

그리고 이내 길 위에서 신음하고 있는 말이 눈에 들어왔다.

말의 오른쪽 앞다리가 진흙탕에 깊숙이 빠져 있었다.

노면에 패인 깊은 바닥에 진흙이 차오른 뒤 그 위로 바람에 날려 온 마른 흙이 아주 살짝만 덮여 있던 모양새.

말은 그곳이 평평한 바닥인 줄 알고 내디뎠다가 그만 다리가 꺾인 것이다.

푸히힝! 끄르르륵……

말이 꺾인 다리로 버둥거리기 시작했다.

아마 최소한 골절, 최악의 경우에는 뼈가 산산조각으로 부러졌을 것이다.

"아아……."

구예림은 쓰러진 말을 바라보며 탄식했다.

말은 다리 골절을 당할 경우 거의 대부분 안락사당한다.

말의 뼈를 고칠 수 있는 방법은 사실상 존재하지 않기 때문이다.

"미안하다. 내가 길을 잘 살폈어야 했는데……."

그녀는 떨리는 손으로 말의 목을 끌어안았다.

하지만 진흙탕 위에 마른 흙이 덮여 있으면 그것은 육안으로 구분하는 것이 불가능하다.

구예림은 침통한 표정을 지은 채 말을 내려다보았다.

이 말은 현의 토반옥에 있던 녀석으로 아주 어렸을 적부터 구예림과 안면이 있던 놈이었다.

애초에 이 녀석이 처음 태어났을 때 어미로부터 받아 주었던 사람이 구예림이었으니 그동안의 정이 깊은 것이 당연한 일.

하지만 그럼에도 불구하고 어쩔 수 없다.

이런 인적 드문 곳의 산길에서 다리가 부러진 말은 대라신선이 와도 치료할 방도가 없는 것이다.

안락사(安樂死).

차라리 이곳에서 숨통을 끊어서 편하게 해 주는 것만이 그나마 이 말을 위하는 길이었다.

구예림 역시도 이 사실을 잘 알기에 그저 참담한 심경으로 손을 떨 뿐이다.

그때.

"그나마 다행이군요. 치료만 잘하면 걸을 수 있겠습니다."

구예림의 옆으로 다가온 추이가 아무렇지도 않게 말했다.

그러자 구예림의 표정이 더더욱 어둡게 변했다.

"……치료는 불가능하다. 그대는 말의 다리뼈가 가진 특성을 잘 모르나 보군."

말의 부상에 대해 잘 모르는 문외한이 멋모르고 하는 소리라고 생각한 모양이다.

그녀는 추이를 향해 침울한 어조로 설명했다.

"말의 다리뼈는 사람의 것과는 많이 다르다. 사람의 다리뼈는 체중을 견디기 위해 모든 뼈들 중 가장 크고 단단하지. 그래서 부러질 때에도 큰 덩어리 몇 개 정도로 부러져. 하지만 말의 경우는 아니야. 말의 다리뼈는 부러질 경우 자잘한 조각들로 흩어지는 데다가 주변의 힘줄과 살점도 얼마 없어서 뼛조각들을 붙잡고 있지도 못해. 또한 목발이나 의족을 달고 체중을 분산시킬 수 있는 사람과 달리 말은 그런 수단이 없지."

구예림의 목소리는 가면 갈수록 떨리고 있었다.

그녀는 일어나기 위해 몸부림치는 말을 손으로 누르며 슬프게 말했다.

"말은 태어나자마자 일어나려고 하는 존재들이다. 이런 곳에서는 마취를 하거나 묶어 놓을 수도 없으니 상한 다리로 계속 발버둥 치겠지. 그렇다면 앞으로 더더욱 고통스러워지기만 할 뿐이다."

하지만. 추이의 태도는 여전히 변함없었다.

"압니다."

"……?"

"그런데 이 정도면 치료할 수 있는 수준입니다."

"……!"

구예림의 두 눈이 휘둥그레졌다.

"어떻게 치료할 수 있다는 건가? 말의 골절은 등천학관의 내로라하는 이들도 치료가 불가능하다고 했었는데. 그리고 나의 스승님 또한 그렇게 말씀하셨었다."

"제가 한번 보지요."

추이는 구예림의 말에 더는 대꾸하지 않았다.

다만 부상을 당해 버둥거리고 있는 말을 향해 걸어가 머리 위에 손을 올려놓았을 뿐이다.

ㅊㅊㅊㅊㅊㅊㅊ……

창귀들이 끓어오른다.

순간, 추이의 몸에서 풍겨 나오는 위험의 냄새를 감지한 말이 몸을 뻣뻣하게 굳혔다.

수없이 많은 군마(軍馬)들의 피 냄새. 죽음의 냄새.

영혼의 기저에 눌어붙어 있는 그것들은 윤회와 전생의 굴레를 돌아서도 희석되지 않는다.

당연하게도, 이로 인한 공포는 마구간에서 안온한 여생을 보내 온 평범한 말이 견뎌 낼 수 있는 것이 아니었다.

'가만히 있거라.'

추이는 순식간에 잠잠해진 말의 갈기를 쓰다듬었다.
예전에 호정문의 마구간에서도 이랬던 적이 있었다.
그때는 말의 항문으로 간을 빼냈지만 이번에는 그럴 필요가 없기에, 추이는 조용히 말의 다리만을 살폈다.
말은 잔뜩 주눅이 든 채 앞발을 내밀었다.
ㅊㅊㅊㅊㅊㅊㅊㅊㅊ……
추이는 창귀들을 부려 말의 다리 속에 있는 뼈 파편들을 하나로 모았다. 그리고 수십 구의 창귀들로 하여금 말의 다리를 단단히 붙잡고 있도록 했다.
"부목을 댈 테니 얌전히 있거라."
추이가 갈기를 쓰다듬자 겁에 질린 말이 푸르릉 소리를 내며 고개를 끄덕인다.
그 모습이 구예림에게는 조금 다르게 보이고 있었다.
"마, 말이랑 대화가 통하는가?"
"그렇지는 않습니다."
"하, 하지만 방금 오추(烏騅)가 그대의 말을 알아듣고 대답을 했던 것 같은데?"
말에 이름까지 붙이고 예뻐하는 모습이 예전에 만났던 호예양과 비슷하다.
추이는 한때 호정문의 마구간지기로 잠시 일했던 때를 회상하고는 어깨를 으쓱했다.
"그렇습니까? 저는 모르겠군요."

추이는 뒤이어지는 구예림의 말을 무시한 채 옆쪽에 있는 대숲에서 대나무 몇 그루를 꺾어 왔다.

이윽고, 두꺼운 대나무 부목이 말의 다리 옆에 몇 겹으로 덧대어졌다.

"일어나라."

추이가 말고삐를 잡아끌자 말이 천천히 몸을 일으켰다.

…우드득!

부목에서 삐걱거리는 소리가 들려왔으나 놀랍게도 그것이 다였다.

말은 아무런 문제 없이 몸을 일으키는 것에 성공했다.

그리고 어색하게나마 오른발을 움직여 걷기까지 했다.

물론 다른 이들의 눈에 보이지 않는, 수많은 창귀들이 말의 오른쪽 다리를 떠받치고 있었기에 가능한 일이지만…….

"마, 말도 안 돼!"

구예림 같은 제삼자가 보기에는 기적이나 다름없는 일이었다.

그녀는 잔뜩 상기된 표정으로 추이를 돌아보았다.

"세상에 말의 골절을 고치는 사람은 처음 보았다! 이건 세기의 업적이야!"

"골절의 정도가 심하지 않았을 뿐입니다."

"그, 그런가? 하지만 내가 보기에는……."

뭐라고 말을 이어 가려던 구예림은 잠시 입술을 오물거리

던 끝에 말을 바꿨다.

"아무튼, 정말 고맙다. 그대가 아니었더라면 나는 섣불리 오추를 죽였을 것이야. 이 은혜는 절대로 잊지 않겠다."

"별일 아닙니다. 다만 말을 몇 주간 쉬게 해야 합니다. 더 뛰게 하기는 어려울 듯싶군요."

"당연하지. 이대로 천천히 걷게 해서 어디에 메어 놔야겠다. 며칠 푹 쉬게 할 곳이 없는지 찾아봐야겠군."

바로 그때, 구예림과 추이를 기다렸다는 듯 길 너머에 객잔 하나가 보였다.

"일단 저곳에서 한동안 쉬었다 가는 게 어떻겠나? 아직 시간도 넉넉하게 있으니 말일세."

"나쁘지 않은 것 같습니다."

구예림의 말을 들은 추이는 고개를 끄덕였다.

어차피 더 이상 말을 타기는 힘들 테니 산을 넘어가기 위해서는 식수와 식량을 충분히 준비할 필요가 있었다.

이윽고, 두 사람은 말을 끌고 천천히 걸어가 객잔의 문을 열었다.

그곳은 여주인 한 명과 딸 두 명이 운영하고 있는 객잔이자 여인숙이었다.

구예림이 주방에서 막 나오고 있던 여주인에게 물었다.

"묵고 가려고 하는데, 방 두 개 있습니까?"

그러자 여주인은 곤혹스러운 듯한 표정으로 대답했다.

"어쩌죠? 지금 남은 방이 하나뿐인데……."

"……."

구예림은 적잖이 당황했다.

종종 생도들에게서 압수하곤 했던 통속 소설에서 자주 보이던 전개.

비슷한 소설들을 하도 많이 압수하다 보니 호기심이 생겨 몇 번 읽어 보았다가 말도 안 된다며 덮었던 소재다.

그런데 그런 상황을 설마 현실에서 마주하게 될 줄이야.

"그…… 서, 서문 교관? 이럴 때에는 어떻게 해야……."

구예림은 지금까지 보였던 꿋꿋한 태도와는 달리, 거의 무의식적으로 추이를 향해 도움의 손길을 뻗고 있었다.

하지만.

"……."

그때 추이는 전혀 다른 곳에 주목하고 있었다.

"……? 제 얼굴에 뭐라도 묻었나요?"

객잔 여주인은 자신의 얼굴을 빤히 쳐다보는 추이를 향해 고개를 갸웃한다.

그리고 그녀 옆에 바짝 붙어 있는 두 딸 역시도.

'간만이군. 여기서 보게 될 줄이야.'

추이는 그녀들 모두와 인연이 있었다.

비록 그녀들은 추이를 알아보지 못하겠지만 말이다.

뭐 하는 남자야?

'……어쩌다 이렇게 됐지.'

구예림은 혼란스러운 심경으로 짐을 풀고 있었다.

공교롭게도 여인숙에 방이 딱 하나 남았다.

비와 흙먼지를 맞으며 노숙을 하던 끝에 만난 여인숙.

더군다나 앞으로는 민가가 없는 곳만을 가야 하기에 목욕과 침대를 쓸 수 있는 것은 여기서뿐이다.

문제는 방에 딸려 있는 욕실과 침대 역시도 단 하나뿐이라는 사실이었다.

구예림은 빨랫거리들을 구석에 쌓으며 생각했다.

'남녀가 엄연히 유별한데 둘이 한 방에서 같이 자는 것은 당연히 안 되고. 그렇다면 한 명이 나가야 하는데…… 내가 나가야 하나? 하지만 그랬다가는 서문 부교관이 부담스러워서 제대로 쉬지도 못할 것이고. 그렇다고 서문 부교관 혼자서만 나가서 자라고 하는 것은 상관의 도리가 아니고. 이걸 고민하다가 둘 다 방을 안 쓰게 되면 그게 제일 어리석은 결과일 테고. 아아, 어떻게 해야 하지?'

지금껏 한 번도 해 본 적이 없었던 고민인지라 더더욱 머리가 아프다.

결국, 구예림이 특유의 명석한 두뇌를 총력으로 가동한 결과를 내놓았다.

"이렇게 하지, 서문 부교관. 우선 내가 먼저 욕실에서 씻고, 그대가 다음 차례로 욕실을 써라. 잠자리의 경우 나는 비바람만 피하면 되니 이불을 깔고 바닥에서 자면 되고 그대는 침대를……."

하지만.

상대는 여전히 대답이 없다.

구예림은 미간을 찡그린 채 고개를 돌렸다.

"서문 부교관? 상관이 제안을 했으면 대답을 해야 하지 않겠나. 나름 배려를 해 준…… 음?"

하지만 이미 추이는 그곳에 없었다.

어느새 짐을 풀고는 계단 아래로 내려가 버린 것이다.

지금껏 아무도 없는 허공에 대고 이런 고민, 저런 고민을 했던 구예림만 부들부들 떨 뿐이었다.

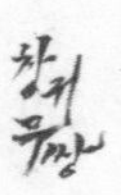

⁂

한편 그 시각, 추이는 이 층 여인숙 아래의 일 층 객잔에서 밥을 먹고 있었다.

식사는 멀건 된장과 우거지, 감자, 좁쌀, 돼지 부속, 내장, 자그마한 잡어들로 만든 젓갈이 들어간 국밥에 반찬은 짠지 한 종지가 다였다.

뜨겁고 구수하며 짭짤하다.

그 외에 다른 맛은 없었지만 배 속에 더운 김을 쬐게 하기에는 딱이었다.

"……."

추이는 국밥을 먹으며 객잔 주방을 들여다보았다.

여주인 은이혜.

파리한 안색의 객잔 여주인.

그녀는 분명 추이와 구면이었다.

그리고 그녀의 두 딸 역시도 말이다.

"아저씨. 국밥 맛있어요? 예전에 자주 갔던 국밥집 따라 해서 만든 건데, 사람들은 울 엄마께 훨씬 맛있대요."

추이의 옆에 바짝 붙어서 조잘대는 소녀의 목에는 담비 가죽으로 만든 목도리가 둘러져 있다.

벽리향. 언젠가 파시에서 만났던 소녀다.

그때, 벽리향의 볼을 꼬집는 손이 있었다.

"손님 식사하시는데 귀찮게 굴면 어떡하니."

"아야! 아파 언니이!"

벽리향의 볼을 잡아당기는 처녀의 이름은 벽리연.

그녀 역시도 패도회 정벌 당시 추이와 안면이 있던 여자였다.

두 여자 모두 추이 덕분에 악적들의 마수에서 탈출하여 새 삶을 되찾았다는 공통점이 있었다.

더불어 그녀들의 모친인 은이혜 역시도 말이다.

그러나 그들은 추이를 보고서도 별다른 반응을 보이지 않았다.

추이의 얼굴을 덮고 있는 면구 때문이었다.

"애들아, 손님 식사하시게 이리 와라. 정신 사나우실라. 짐은 다 챙겼어?"

은이혜의 부름에 벽리연과 벽리향이 주방으로 향했다.

그때, 추이가 벽리향을 향해 말했다.

"국밥값 받아 가라."

"이미 받았어요!"

하지만 벽리향은 추이를 돌아보지도 않은 채 외치고는 뽀르르 달려갔다.

그때.

"언제 국밥값까지 치렀나?"

구예림이 계단을 내려오며 물었다.

추이는 여상한 어조로 대답했다.

"아직 안 냈습니다. 점소이가 착각을 한 것 같군요."

"그보다. 내려갈 거였으면 내려갈 거라고 말을 해 주고 갔어야지. 찾았잖나."

"무슨 용건입니까?"

"아니 용건이라기보다는…… 크흠. 그냥 뭐. 말의 다리뼈가 붙을 때까지 이 객잔에서 어느 정도는 있어야 할 것 같으니까. 그동안 계속 방을 하나만 쓸 수는 없지 않겠나? 하나를 더 잡아야지. 주인장에게 물어봐야겠군. 방이 하나 더 비려면 얼마나 걸리는지."

구예림은 당황했는지 횡설수설하기 시작했다.

바로 그때.

"아이고, 이를 어쩌나."

객잔 주인인 은이혜가 구예림의 말을 듣고는 안타깝다는 듯한 표정을 지었다.

"저희 객잔에서 장박은 좀 힘들 것 같은데…… 사실 저희가 모레까지만 영업을 하거든요."

"네? 모레까지요?"

구예림의 눈이 동그랗게 변했다.

은이혜는 처량한 표정으로 고개를 끄덕였다.

"예. 모레 오전까지만 하고 폐업을 하게 됐어요. 그래서 객실 청소나 비품도 거의 신경을 못 썼거든요. 그래서 오늘

남은 방도 하나뿐이었던 거고. 그 방은 제 딸아이들이 쓰던 방이라서 깨끗할 거예요."

"아니. 그럼 주인장께서는 어디서 주무십니까?"

"제 방에서 딸 둘이랑 해 가지고 셋이 자면 돼요. 손님들은 오늘 그 방에서 묵으셔요."

"허어……."

구예림은 미간을 긁적였다.

그러고는 마구간이 있는 쪽을 한번 돌아보았다.

"저, 혹시 어떤 이유로 폐업을 하시는지 여쭈어봐도 되겠습니까? 저희 말이 다쳐서 한동안은 이곳에서 요양을 시켜야 할 것 같아 그렇습니다. 보아하니 객잔을 다른 이에게 넘기시는 것은 아닌 것 같고."

"……."

구예림의 질문을 들은 은이혜는 고개를 숙인 채 말이 없다.

그때, 그녀의 옆으로 벽리연이 튀어나왔다.

"색마 때문이에요!"

"……색마?"

구예림의 눈썹이 까닥 움직였다.

은이혜가 딸 벽리연을 말리려 했지만 벽리연은 아랑곳하지 않고 분노를 토해 냈다.

"산 너머 고을에서 유명한 색마가 하나 있어요. 복면을 쓰

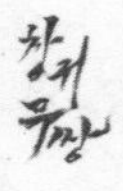

고 다니는 놈인데 벌써 그놈에게 겁간당한 아랫마을, 윗마을 처자들이 한둘이 아니에요. 그놈이 어떻게 알고 여기까지 찾아와서는 저희랑 어머니에게 편지를 보냈어요. 모레 밤에 장가를 들 테니 저희 세 명 다 새신랑 맞이할 준비를 하고 있으라고."

"맞아요! 우리가 어떻게 셋이 다 모이게 됐는데! 나쁜 놈!"

벽리향 역시도 목청껏 소리쳤다.

그러자 은이혜가 황급히 두 딸의 입을 막았다.

"조용히 해! 어디 숨어 있다가 들을라! 그놈은 무서운 무림인이라고 했잖아! 잘못 보이면 몸을 빼앗기는 걸로 안 끝나!"

상황이 나왔다.

세 여자는 색마의 위협에 의해 객잔을 버리고 도망갈 준비를 하고 있었다.

구예림의 두 눈이 가늘어졌다.

"자신의 범행을 예고하고 희생자들이 공포에 질려 도망치는 것을 유도한 뒤 그것을 추격해 가며 쾌감을 느끼는 변태겠군. 전형적인 색마의 특징이지."

콧등의 상처가 꿈틀거린다.

수사관으로서의 표정이 나올 때의 신호다.

구예림은 은이혜의 앞에 앉았다.

그리고 착 가라앉은 목소리로 말했다.

"이 일대에서 유명한 색마라고 했습니까? 이름은 아나요? 별호는? 나이는? 무공의 수위는? 보내온 편지는 어디에 있습니까?"

은이혜는 떨리는 목소리로 구예림의 질문들에 대답했다.

"이름은 주통(周通). 나이는 잘 모르겠지만 소문에는 환갑이 넘었다고 들었어요. 이 일대에서는 그저 '소패왕(小霸王)'이라는 별호로만 불려요. 무공의 수위는…… 저 같은 무지렁이로서는 알 길이 없으나 그저 힘으로 산을 뽑고 날래기로는 한달음에 강을 건넌다고만……."

이윽고 소패왕 주통이라는 자가 보내온 편지가 주방의 서랍에서 꺼내져 펼쳐졌다.

객잔에서의 첫 만남 이후로 쭉 그대들을 사모해 왔소. 국밥을 덥히는 불길처럼 뜨거운 이 나의 마음을 전하기 위해, 내 촉산을 넘고 황하를 건너서라도 그리로 가겠소. 지금으로부터 이틀 뒤인 모월 모일, 그대 모녀들은 새신랑을 맞이하게 되는 것이오. 어미와 딸, 언니와 동생이 모두 같은 낭군을 모시게 된다는 것이 조금 부끄럽다면 규방의 동방화촉을 잠시 꺼 놓아도 좋소. 새로운 낭군은 밤눈이 밝다오.

-소패왕(小霸王) 보냄.

구예림이 콧잔등의 흉터를 한 번 더 꿈틀 움직였다.

“미친 새끼로고.”

주통이라는 이름도, 소패왕이라는 별호도 모두 처음 듣는 것이다.

구예림은 이 색마를 일단 잡범으로 분류했다.

“저희가 잡아 드리겠습니다. 이 색마.”

“네에? 아, 아니. 어찌 이 무서운 흉적을…… 이렇게 여리고 아리따운 아가씨가…….”

“저희는 무림맹에서 나온 사람들입니다.”

“……!”

‘무림맹’이라는 단어를 들은 은이혜와 벽리향의 얼굴이 확 밝아졌다.

하지만 벽리연은 그저 멀뚱멀뚱 서 있을 뿐이었다.

구예림은 벽리연의 머리를 쓰다듬으며 말했다.

“무림맹이라는 곳은 말이야. 나쁜 사람들을 혼내 주는 멋진 사람들의 무리란다.”

“알아요. 무림맹. 무림인들이 모여 있는 곳이고 하남성에 있어요. 무림인들은 무림인들끼리만 대화가 통한다는 것도 알고요.”

“어…… 아주 똑똑하구나. 나는 네 나이 때 그런 걸 몰랐거든.”

벽리연의 대답을 들은 구예림이 씩 웃었다.

이윽고, 그녀는 은이혜를 향해 말했다.

"굳이 이 객잔을 버리고 다른 곳으로 가실 필요 없습니다. 색마 놈은 저희가 잡을 테니까요."

"아아…… 이 은혜를 어찌 갚아야 할지…… 어떻게 보답을 해 드려야……."

"보답이라고 하기엔 뭣하지만, 방 하나만 더 내주시면 됩니다. 깨끗할 필요도 없고요."

구예림은 은이혜에게서 시선을 떼고 뒤에 있는 추이를 바라보았다.

"가지, 서문 부교관. 힘없는 양민들을 괴롭히는 불의를 못 본 척한다면 '정도(定道)'라는 이름이 울지 않겠는가."

"저는 가지 않겠습니다."

"……!"

하지만, 추이의 대답은 의외의 것이었다.

구예림은 두 눈을 크게 뜨며 물었다.

"서, 설마 이들의 고통을 외면하겠다는 것인가? 무(武)로 협(俠)을 행하는 것이 정도인의 도리 아닌가. 어찌……!"

순간, 그녀의 표정이 굳는다.

"혹시 임무에 소요되는 시간이 길어져서인가? 그로 인해 인사고과 점수를 낮게 받을까 봐? 아니면 관외에서 폭력을 행사했다는 이유로 징계위원회에 회부될까 봐? 만약 그런 이유라면 나는 그대에게 크게 실망할 것 같군."

구예림의 시선은 추이의 눈을 똑바로 마주하고 있었다.

이윽고, 추이의 입이 열렸다.
“가지 않겠다고 했지, 색마를 잡지 않겠다고는 안 했습니다.”
“……?”
추이의 대답을 들은 구예림의 표정에 의아함이 내비친다.
“굳이 찾아 나서는 것은 체력 낭비입니다. 어차피 놈은 모레 밤에 온다고 하지 않았습니까?”
“……아.”
그제야 구예림은 추이가 말하는 바를 이해했다.
둘의 시선이 탁자 위의 편지를 향했다.

그리로 가겠소. 지금으로부터 이틀 뒤인 모월 모일, 그대 모녀들은 새신랑을 맞이하게 되는 것이오.

모레 밤에 이곳을 방문하겠다는 색마의 예고장.
“어차피 이리로 올 테니 느긋하게 기다리면 됩니다.”
추이는 서서히 해가 저물어 가는 창밖을 바라보며 무미건조한 목소리로 대답했다.
“밤이 될 때까지.”
어딘가 오싹한 표정이었다.

⁂

주통(周通).

자신의 별호를 스스로 소패왕이라 지은 이 노인은 지금 매우 들떠 있는 상태였다.

“드후후후후…… 곤귀, 그 개장수 새끼가 뒈져 버리니 삶이 이리도 흥겹구만.”

주통의 목에는 큼지막한 개목걸이가 채워져 있었고 그 밑으로는 끊어진 쇠사슬이 덜렁덜렁거린다.

그는 걷는 때때로 목에 채워져 있는 고리를 벗겨 내고 싶어 했지만, 그것은 무엇으로 만들어져 있는지 주통의 악력으로도 도저히 뜯어낼 수가 없었다.

“제기랄. 구강룡, 그 새끼. 이 개목줄만 좀 풀어 주고 뒈질 것이지. 이건 이제 영영 풀 수가 없게 됐잖나. 빌어먹을 놈. 만년한철로 된 목줄이라 어디 웬만한 데서는 끊을 수도 없고…….”

한때 몇 개의 성을 돌아다니며 색마 짓을 하던 그는 어느 날 갑자기 곤귀의 손에 붙잡혀 남은 평생을 ‘곤귀의 개’로 살아야 했다.

그 뒤로 자그마치 삼십 년 동안이나 곤귀의 시중을 들며 수금 등의 자질구레한 심부름들을 도맡아 하던 주통.

그러던 어느 날, 그에게도 기회가 왔다.

먼 곳으로 수금을 떠났던 곤귀 구강룡이 정체불명의 신진 고수에게 패해 죽음을 맞이한 것이다.

주통은 그 소식을 듣는 즉시 목줄을 끊고 달아났다.

사도련에서 몇 번인가 추격자가 왔지만 주통은 그때마다 표홀한 경공술로 도망쳤다.

곤귀만 아니면 천하에 두려워할 자가 없는 그였다.

"드후후후후- 자유라는 것은 이리도 멋진 것이다. 덕분에 새장가도 연달아 세 번씩이나 들게 생겼고, 기분이 아주 대끼리구만-"

주통은 홀가분한 마음으로 나무 위를 팔짝팔짝 뛰어갔다.

이윽고, 목표로 한 객잔이 보인다.

달도 뜨지 않은 어두운 밤, 객잔의 창문에는 모두 장막이 드리워져 있었다.

주통은 나무 위에 쪼그려 앉은 채 불어오는 바람에 대고 코를 킁킁거렸다.

"분 냄새가 나. 그리고 여자의 머릿결 냄새, 피부 냄새, 땀 냄새, 그곳 냄새…… 으음. 역시 여인네들의 냄새는 다 좋군."

은이혜와 그녀의 두 딸은 도망가지 않고 객잔 안에서 밤을 보내고 있는 듯하다.

주통의 두 눈이 벌겋게 달아올랐다.

"안에 있는데도 화촉을 밝히지 않았다 이건가? 그렇게 싫어하는 척하더니 결국엔 내가 시키는 대로 하는군. 퍽 당돌하잖나, 허허 참. 요즘 것들은 확실히 달라. 모녀, 자매, 모두 다 아주 앙칼지고 귀여워. 드후후후후–"

아무 말이나 주절대던 주통이 이내 슬그머니 몸을 낮춘다.

…팟!

주통의 몸이 허공을 몇 번인가 박찼다.

그는 어느새 이 층의 창문을 통해 뱀처럼 기어들어 가고 있었다.

"여보, 마누라들. 내가 왔소."

주통은 은이혜의 방 위치를 이미 알고 있었다.

그래서 딱 이 창문을 짚어서 들어온 것이고 말이다.

스윽–

침상 쪽에서 그림자 하나가 움직였다.

주통은 벌쭉벌쭉 웃으며 침을 흘렸다.

"오늘이 식을 올리는 날임과 동시에 우리들이 합궁하는 날이오, 임자들. 자– 어서 잠자리에 듭시다."

그의 손이 침상에 앉아 있는 여인의 몸으로 뻗어 간다.

잘록한 허리와 풍만한 가슴으로 뻗어 나가는 주통의 손길.

바로 그 순간.

…번쩍!

주통은 시야가 일순간 환하게 빛나는 것을 느꼈다.

아주 찰나의 순간 눈앞을 스쳐 간 불빛.

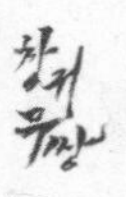

동시에.

빼-어어억!

둔중한 소음이 약간 뒤늦게 터져 나왔다.

"께흑!?"

주통이 뒤로 나가떨어졌다.

움푹 주저앉은 그의 이마 구석에서는 피가 철철 뿜어져 나오고 있었다.

어둠 속에서 날아든 것은 커다란 몽둥이였다.

그것은 침상에 걸터앉아 있는 여체의 윤곽과 이어져 있었다.

"타구봉(打狗棒)이 개를 만났구나."

이윽고, 여인이 화촉을 밝혔다.

구예림. 그녀가 서늘한 시선으로 주통을 내려다보고 있었다.

"오늘이 바로 개 잡는 날이다."

"……!?"

주통은 두 눈을 찢어질 정도로 부릅떴다.

"히, 히익!? 주, 주인님!? 사, 살아 계셨습니까요!?"

"……?"

구예림이 한쪽 눈썹을 찡그렸다.

그러거나 말거나, 구예림의 얼굴을 본 주통은 바닥에 납작 엎드려 피투성이가 된 머리를 처박고 있었다.

“오, 오해이십니다! 다, 다, 다 오해입니다! 제, 제가 결코 목줄을 풀려고 푼 것이 아니옵고…… 그, 그저 주인님께서 어디선가 곤혹을 치르셨다는 풍문을 듣고 도와드리고자…… 이, 이 미천한 개를 아무쪼록 다시 거두어 주십시오! 저는 평생 주인님의 개입니다요! 암요! 그러믄요!”

“…….”

구예림은 눈앞의 이 색마가 무슨 말을 지껄이는지 도통 이해할 수가 없었다.

이윽고.

뻐-억!

구예림의 타구봉이 다시 한번 날아가 주통의 등을 후려갈겼다.

“끄아아아아아악!?”

주통은 등을 감싸 쥔 채 버둥거렸다.

그러더니.

“아아아아…… 어라? 별로 안 아프네?”

이윽고, 주통이 고개를 번쩍 쳐들었다.

그리고 화촉의 어스름한 빛에 의해 드러난 구예림의 얼굴을 뚫어져라 쏘아보았다.

“이상하다? 주인님의 몽둥이었으면 진작에 나는 토하(土蝦)처럼 등이 터져 죽었어야 하는데?”

이윽고, 주통의 표정이 서서히 악귀처럼 변해 간다.

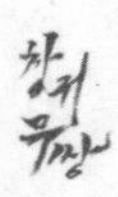

"뭐야? 계집년이잖아? 주인님이 아니었어! 그저 닮은 얼굴이었나?"

"……."

구예림은 주통이 자신을 다른 누군가로 착각하고 있었던 것임을 깨달았다.

"이, 이…… 깜짝 놀랐잖아! 빌어먹을 면상을 떠올리게 하는 년이로다. 예쁘기는 하지만 나의 옛 주인과 너무 닮았구나. 천년의 욕정도 식는도다!"

"아까부터 무슨 헛소리냐, 색마야. 너는 오늘 여기서 체포될 것이다. 앞으로 무림맹의 감옥에서 평생 푹 썩거라."

"무림맹이라고? 그 먼 곳에서 예까지 무슨 일로 왔느냐?"

"너 같은 인간쓰레기를 잡아 족치려고 왔다."

"드후후후후…… 지랄도 풍년이구나. 네년의 그 거슬리는 얼굴부터 가죽째 도려내 주마!"

주통이 얼굴의 피를 닦아 내고는 자세를 잡았다.

이윽고, 구예림의 타구봉이 허공을 날았다.

한데.

퍼-펑!

놀랍게도 주통의 손바닥은 구예림의 타구봉과 맞부딪치면서도 조금도 밀려나지 않고 있었다.

구예림은 타구봉을 통해 밀려들어 오는 의외의 내공에 흠칫했다.

'뭐지, 이 심후한 공력은!? 초일류의 경지가 아닌가!?'

단지 알량한 삼류무공으로 여인네들을 희롱하고 다닐 뿐인 파락호라고 생각했는데, 그것은 크나큰 오판이었다.

주통은 예사 색마가 아니었던 것이다.

"드후후후후후…… 잘 보니 미색이 아주 출중하구나. 특히나 몸매가 아주 미쳤어. 위아래를 훑어보는 것만으로도 도원경에 들어온 것 같은 쾌감이 느껴지누나."

"너. 무공의 수위가 상당한 것 같은데, 정체가 무엇이냐?"

"말하면 아는가? 나의 옛 이름을 말이야."

구예림의 말을 들은 주통이 천천히 기세를 일으키기 시작했다.

초일류에 이른 내공이 해일처럼 일렁거리기 시작했다.

마치 수많은 남녀들이 뒤엉켜 정사를 나누는 듯한 모양으로 물결치는 내력의 파도.

그것을 본 구예림이 침음을 삼켰다.

"색정흡마공(色情吸魔工)…… 그렇다면 너는 고간거륜(股間巨輪) 노애(嫪毐)겠구나."

노애. 그는 올해 일흔다섯의 노마두(老魔頭)로 구예림이 강호에 나서기 한참 전에 무림에서 종적을 감춘 무림공적이었다.

그러니까, 말하자면 전 세대의 악인이라는 말이다.

그가 한 세대를 건너서도 악명을 떨칠 수 있었던 것은 그

가 창안한 '색정흡마공'이라는 마공 때문이었다.

그것은 몸을 섞은 이들의 선천지기를 빨아들여 자신의 공력으로 삼는 사악한 마공으로, 선천진기를 빼앗은 쪽은 젊음과 심후한 공력을 얻고, 선천진기를 빼앗긴 쪽은 즉사하거나 수십 년의 세월을 건너뛰어 늙게 된다.

"드후후후후…… 지금은 주통이라는 이름을 쓰고 있는데 말이야. 별호도 소패왕이라고."

"닥쳐라, 노마두. 이름과 별호가 바뀐다고 해서 네 추악함이 가려지는 것은 아니다."

"추악해? 이 몸이? 드후후후…… 한번 맛보게 되면 그런 소리는 못 할 거야, 아가씨. 내 전 별호가 왜 고간거륜이겠어? 고간 사이에 있는 그것에다가 말이야, 커다란 수레바퀴를 끼우고 하루 웬종일 빙글빙글 돌릴 수 있어서야. 어때, 기대되지? 나의 절륜함이 말이야!"

노애. 그는 곧바로 구예림을 향해 쌍장을 내질렀다.

퍼퍼퍼퍼퍽!

구예림은 재빨리 봉을 들어 막았지만 양쪽 어깨와 무릎의 옷자락이 터져 나가는 것은 어찌할 수 없었다.

'엄청난 공력…… 지금껏 채음보양의 마공으로 얼마나 많은 여자들을 희생시켜 온 것일까.'

그동안 저 노마두가 어디에 숨어 있었는지, 어떻게 지금껏 정도무림의 눈을 피해 살 수 있었는지 당최 모를 일이다.

구예림은 이를 악물었다.

“쓰레기는 본 사람이 치우는 것이 맞지. 압송은 어려울 것 같으니 이 자리에서 쳐 죽이겠다.”

“드후후후- 너는 나를 지옥에 보내려 하지만, 나는 너를 극락으로 보내 줄 생각이다. 이것이 바로 부처의 도 아니겠냐뇨?”

노애는 구예림의 몸을 노골적으로 훑으며 손바닥을 뻗었다.

콰-앙!

둘의 내공이 맞부딪치며 방의 벽과 천장, 바닥을 쩍쩍 갈라지게 만들었다.

초일류에 다다른 노애의 공력은 상당히 심후해서 천하의 구예림도 식은땀을 흘릴 수밖에 없었다.

‘분하지만 내력 싸움은 호각, 아니 오히려 내가 조금씩 밀린다.’

실제로 구예림은 초반부의 기습 외에는 별다른 유효타를 먹이지 못했다.

구예림은 타구봉을 휘둘러 노애의 머리와 가슴팍을 연거푸 공격했지만 노애는 손바닥으로 내력을 펑펑 뿜어내며 그녀의 접근을 불허하고 있었다.

‘하지만 장기전으로 가면 무기를 쓰는 내가 유리할 수밖에 없지.’

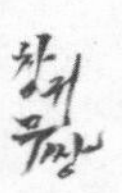

심지어 구예림의 타구봉은 한때 개방의 방주가 쓰던 것이다.

천산에서만 난다는 천년혈죽의 뿌리로 만든 붉은 한연관(旱煙管).

구예림은 본디 신외지물에 의지하는 성격이 아니었으나 이번만큼은 상대를 이기기 위해서 무슨 수든 동원할 생각이었다.

빠–각!

구예림의 타구봉과 노애의 쌍장이 맞부딪쳤다.

공력은 노애 쪽이 조금 더 높았으나 구예림의 신병(神兵)은 그 차이를 능히 메꾸고도 남음이 있었다.

더군다나 노애는 처음에 구예림의 타구봉에 맞아 머리와 등에 상당한 부상을 입은 상태였다.

"……큭! 계집년이 뭐 이리 숭악스러울꼬? 봉을 잡고 흔드는 것은 사내의 일이지 계집의 일이 아니로다."

"그 입부터 찢어 주마."

구예림의 타구봉이 노애의 정수리를 스치고 지나갔다.

몇 안 남은 그의 백발이 살점과 함께 뜯겨 나갔다.

"아이고, 도저히 못 당하겠다! 걸음아 날 살려라!"

노애는 황급히 머리를 움켜쥐더니 곧장 창문을 통해 뛰어내렸다.

"어딜 도망치느냐, 이 색……!?"

그 뒤를 쫓아가려던 구예림이 일순간 멈칫했다.
푸확—
도망치는 줄 알았던 노애가 별안간 몸을 틀더니 허공에 대고 검은 가루를 뿜었다.
구예림은 반사적으로 숨을 참았지만 이미 반 모금의 분진이 그녀의 콧속으로 들어간 뒤였다.
이윽고.
쿠르르르르르륵!
몸이 뜨겁게 달아오른다.
팔다리가 허공으로 붕 뜨는 느낌이 들었고 허리가 절로 휘어진다.
겨드랑이와 가슴 아래, 그리고 사타구니와 발가락 끝이 미친 듯이 간질거리기 시작했다.
"드후후후후후! 그것은 효과 좋은 춘약일세. 남녀 모두 사정없이 발정시킨다네!"
노애가 멀리 떨어진 나뭇가지에 앉아 웃어댔다.
구예림은 숨을 고르며 말했다.
"……소용없다. 나에게 그딴 저급한 약은 통하지 않아."
"자신의 몸에게 솔직하지 못한 계집이로군. 뭐 상관없다. 거짓 또한 계집의 무기니까."
그녀의 의연한 태도에도 노애는 한쪽 눈을 찡긋하며 여유를 보인다.

그러나.

콰-쾅!

뒤이어진 구예림의 타구봉이 나무를 산산조각으로 부숴 버리자 노애의 표정 역시도 급변했다.

"미친! 이 최음제를 이겨 낸다고!? 그럴 리가 없다! 천하의 소림승도 삼 일 내내 짐승처럼 발정나게 만드는 것이 이 약이거늘……!"

구예림은 구태여 그 저급한 의문에 화답하지 않았다.

퍼퍼퍼퍼퍼펑!

개방의 삼십육로타구봉법(三十六路打狗棒法)이 허공을 향해 펼쳐진다.

그 무시무시한 폭격 앞에 노애는 기겁하며 내뺐다.

"아이고, 걸음아! 다시 나를 살리거라!"

"……."

구예림은 이를 악물고 노애를 쫓았다.

그녀의 두 눈과 코, 입에서는 피가 흘러내리고 있었다.

몸속에서 들끓어 오르는 춘약의 힘을 내공으로 억누르는 동시에 경공술까지 시전하느라 내상을 입은 탓이다.

타타타타타타타탁!

노애는 이미 어둠 속으로 모습을 감춰 버렸다.

구예림은 눈에서 흐르는 피눈물을 닦아 내며 그 뒤를 쫓았다.

'발자국. 이쪽으로 갔구나!'

다행스럽게도 바닥에는 노애가 남긴 발자국들이 찍혀 있어서 어렵지 않게 추격을 할 수 있었다.

구예림은 한참 동안이나 발자국을 쫓아 숲길을 달렸다.

그녀가 막 커다란 바위 위로 솟구쳐 오르는 바로 그 순간.

"……!"

지금껏 몸속에서 날뛰는 최음제의 기운을 억누르느라 자각하지 못하고 있던 것이 떠올랐다.

'발자국이 이상하리만치 깨끗하다.'

흙바닥에 찍혀 있는 노애의 발자국은 간격이 일정했고 깊이 또한 규칙적이었다.

이는 절대 도망자의 그것이 아니다.

심지어 주변에는 핏자국이나 땀자국도 전혀 보이지 않는다.

새로 부러진 나뭇가지나 떨어진 나뭇잎 또한 없었다.

"……!"

그제야 구예림은 깨달았다.

이것은 곤귀가 한참 전에 미리 찍어 놓은 발자국이라는 것을.

'도망간 게 아니야! 놈은 다시 객잔으로 되돌아갔다!'

수사관으로서의 감이 구예림의 마음을 촉박하게 했다.

노애는 가짜 발자국을 통해 구예림을 이 먼 산중으로 유인

한 뒤 다시 객잔으로 되돌아가서 은이혜와 벽리연, 벽리향 모녀를 덮치려는 것이다.

…퍼엉!

구예림은 온 힘을 다해 땅을 박찼다.

적의 무서움은 지금껏 맞상대를 해 왔던 구예림 본인이 가장 잘 알고 있었다.

혹시 몰라 객잔에 서문경 부교관을 남겨 놓고 왔다지만…… 상대가 고간거륜 노애 정도 되는 노괴물이라면 역부족이다.

'너무 방심했다. 처음부터 무림맹 본부에 연통을 넣어서 지원을 요청했어야 했어.'

별다른 조사도 없이 상대를 시골 파락호라고 치부했던 것이 패인이었다.

타타타타타타타타탁!

구예림은 젖 먹던 힘까지 동원하여 밤길을 내달리고 있었다.

눈앞에 끔찍한 미래가 아른거린다.

서문경 부교관이 노애와의 분전 끝에 장렬하게 전사한다.

그 뒤로 세 여자가 납치되어 몹쓸 짓을 당한다.

그런 장면들이 춘약의 기운 때문인지 훨씬 더 끔찍하고 불결하게 상상되고 있는 것이다.

'서문경 부교관, 조금만…… 조금만 버텨 다오, 제발!'

구예림은 속으로 빌고 또 빌며 뛰었다.

몸속에서 치밀어 오르는 뜨거운 약기운을 필사적으로 억누르면서.

색마 노애. 그는 바닥을 네 발로 달리는 개처럼 나뭇가지 위를 질주하고 있었다.

보기에 추하기는 하지만 그의 경공술은 가히 절정의 경지에 이르러 있는 것이다.

초일류의 내공에 절정의 경신술과 보법이 더해진 결과, 그는 눈 깜짝할 사이에 객잔에 도착할 수 있었다.

"드후후후후…… 세 마누라야, 낭군이 왔다. 어서 너희들을 취한 뒤 저 흉터 계집도 잡아먹어야겠구나."

노애는 허공에 대고 코를 킁킁댔다.

"분 냄새가 이쪽으로 이어져 있군. 킁킁- 솜털도 안 빠진 애송이 냄새. 젖비린내음. 이쪽이야. 이쪽 방에 숨어 있어. 아직도 도망가지 않았느냐? 아니면 겁이 너무 많아서 움직이지조차 못했느냐? 나는 개인적으로 후자에 속하는 아이들을 좋아한단다."

그는 육신의 눈을 감고 마음의 눈을 떴다.

그러고는 아무것도 보이지 않는 어둠 속을 더듬으며 앞을

향해 나아갔다.

바로 그때. 방문을 향해 곧장 걸어가던 그의 손에 무언가가 만져졌다.

마음의 눈으로 본 그것은 차갑고 단단하며 예리한, 마치 커다란 칼날을 마주하고 있는 듯한 느낌을 주었다.

"이크- 이것이 무엇이뇨? 왜 사람 다니는 길에 칼을……."

하지만 이내, 노애는 이상한 점을 깨달았다.

이곳은 사람이 기거하는 여인숙의 방문 앞이다.

이렇게 커다란 칼날 같은 것을 세워 놓을 리가 없는 것이다.

"……?"

노애는 마음의 눈을 감고 육신의 눈을 게슴스레 떴다.

그러자 비로소, 어둠 속에 있는 장애물의 윤곽이 뚜렷하게 들여다보였다.

얼굴이 화상 자국으로 뒤덮여 있는 단신의 사내.

추이가 그곳에 가만히 서 있었던 것이다.

"으헉? 뭐냐, 이 괴물은!? 왜 기척이 없어!?"

노애는 황급히 뒤로 물러나는 동시에 앞으로 일수를 내갈겼다.

하지만 추이는 노애의 손바닥을 맞받지 않았다.

그저 품에서 꺼낸 송곳을 그 앞으로 들이밀었을 뿐이다.

빼-억!

노애의 손바닥이 허공에서 멈췄다.

추이의 송곳이 그의 손바닥 하단을 뚫고 손목뼈를 넘어 팔뚝뼈에까지 박혀 버린 탓이다.

푸슉- 삐지직!

의외로 피는 별로 나지 않았다.

송곳은 노애의 살이 아닌 팔뼈 속을 관통하고 있었기 때문이다.

"……? ……? ……?"

노애는 지금 무슨 일이 벌어진 것인지 모르겠다는 듯 자신의 팔을 들어 보인다.

그리고 이내, 살이 찢어지고 근육이 터지는 것과는 감히 비교조차 할 수 없는 끔찍한 신경통이 몰려오기 시작했다.

"끄-아아아아아아아아악!?"

뼈가 세로로 갈라지고 그 안의 신경다발들이 모조리 찢겨나갔으니 당연한 일이다.

뼛속에 흐르고 있는 약간의 맑은 액체들이 절반쯤 틀어박힌 송곳 자루를 통해 똑똑 떨어져 내린다.

시간이 지났는데도 의외로 피는 별로 안 났다.

"너…… 너…… 네놈……."

노애가 남은 왼손을 들어 올렸다.

그러자 추이는 태연한 표정으로 송곳 한 자루를 더 꺼내

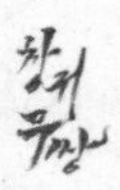

든다.

"더 박히고 싶은 모양이지?"

"……!"

"얼마든지. 내 송곳은 절륜하다. 항상 빳빳하게 날이 서 있지."

추이가 송곳을 든 채 걸어온다.

노애는 본능적으로 몸을 뒤로 뺐다.

"뭐 하는 새끼냐 너는!?"

노애는 손바닥을 뒤로 물리고는 오른쪽 다리를 걷어 올렸다.

상대의 허리를 뚝 꺾어 부러트릴 생각이었다.

그러나.

뚜—욱!

꺾이는 것은 노애의 오른다리였다.

추이의 송곳은 노애의 무릎 위에 떨어져 내렸고 이번에는 아래쪽의 다리뼈를 세로로 관통했다.

"흐끅!?"

노애는 비명을 참으며 쓰러졌다.

하지만 참는다고 될 수준의 고통이 아니었다.

이번에는 송곳이 아예 자루까지 통째로 틀어박혔기 때문이다.

뾰족한 바늘이 얼음을 쪼개듯, 송곳은 노애의 살점 속 단단한 뼈를 장작처럼 쪼개 놓았다.

"끄으으으읍! 흐으으으으윽!"

노애는 눈물을 흘리며 바닥을 나뒹굴었다.

활어처럼 몸을 펄떡거리는 동시에 손톱으로 바닥을 득득 긁으면서.

하지만 추이는 그런 노애를 무표정한 얼굴로 내려다볼 뿐이다.

"신기술을 한번 시험해 볼 때가 됐군."

추이에게는 이올의 제칠 층계에 오르게 되면서 새로 익힌 기술이 있었다.

그것을 지금 노애에게 써먹어 볼 요량이다.

바로 그때.

"드흐흐…… 그흐흐흐흐흐……."

노애가 웃기 시작했다.

바닥을 기어간 그는 난간에 기대어 몸을 일으켰다.

"미친개를 피했다 싶었더니만 이리를 만났군."

고개를 숙이고 침을 뱉은 그는 별안간 추이를 향해 핏발 선 눈을 부릅떴다.

"이빨 두 개를 나한테 박았으니 이제 네놈에게 뭐가 남았느냐? 응?"

"……."

추이는 그저 가만히 서 있을 뿐이다.

그것을 본 노애는 추이의 무기가 다 떨어졌다고 판단했다.

"뒈져라앗!"

모든 공력이 담긴 오른손 손바닥이 추이의 복부를 향해 날아들었다.

그러나.

쩌-엉!

되레 부서진 것은 노애의 손바닥이었다.

"……어?"

노애의 표정이 멍하게 바뀌었다.

제각기 이상한 방향으로 꺾여 나간 손가락은 이내 각자의 방향으로 뒤틀린다.

손가락 사이사이의 틈이 엄청난 기세로 벌어지는가 싶더니 이내 마른오징어의 다리처럼 세로로 쭉쭉 찢어져 나갔다.

노애의 오른팔 전체가 네 결로 찢어져서 다섯 가닥으로 너덜거리기 시작했다.

그간 흡정마공으로 모아 놓았던 내공이 모두 흩어져 버렸음은 물론이었다.

순간, 노애의 눈에 뭔가가 들어왔다.

그것은 상대의 옷자락이었다.

"……!"

노애가 눈을 찢어질 듯 부릅떴다.

추이의 옷이 찢어지자 비로소 보인다.

그가 배에 무엇을 휘감고 있는지가 말이다.

네 개의 마디로 분리된 육각의 쇠봉이 몸의 네 귀퉁이에 세로로 붙어 있었고 그 사이를 수십 겹의 쇠사슬이 두르고 있었다.

노애의 손바닥은 이 기형적인 형태의 사슬벽을 뚫지 못한 것이다.

"뭐, 뭐야 그건…… 너 대체 뭐 하는 놈……."

하지만 노애의 말은 끝까지 이어지지 못했다.

빠-각!

추이의 망치가 날아들었기 때문이다.

"끽-"

노애의 목이 찌그러들었다.

추이는 무표정한 얼굴로 망치를 계속 내리찍었다.

…뻑! …퍼억! …뻑! …퍽! …퍼걱! …뿌직!

어깨, 가슴, 팔, 허리, 다리, 사타구니…….

고깃덩어리를 연육하는 백정처럼, 계속해서.

이윽고, 노애의 몸이 바닥에 축 늘어졌다.

"고마…… 해라…… 인마…… 이젠…… 아프지도…… 않……."

퍼-억!

추이는 마지막 망치질을 한 번 더 한 뒤에 고개를 끄덕였다.

그러자 노애가 킬킬 웃었다.

"마지막…… 거는…… 쪼끔…… 아프긴 했다…… 하지만…… 무섭지는 않구나……."

"?"

공포를 느끼지 않는다.

그 말에 추이가 살짝 관심을 보였다.

노애는 그런 추이를 비웃듯 말했다.

"나는 이 세상에…… 무서운 게 없다…… 드히히히히…… 미친개도…… 이리도…… 안 무서워…… 호랑이의 공포를 느껴 봤던 이는 그런 게야……."

"호랑이라."

노애의 말을 들은 추이는 고개를 끄덕였다.

미친개란 구예림을 가리키는 것이고 이리란 추이 본인을 가리키는 것일 게다.

그렇다면 호랑이는 누구인가?

그것에 대한 답은 노애가 알아서 토해 놓았다.

"곤귀…… 구강룡…… 그 괴물만 아니면…… 내가 무서워할…… 상대는 없지…… 킥킥킥—"

노애는 피범벅이 된 채로 웃어 댔다.

하지만 추이의 표정은 여전히 담담했다.

"그래? 잘됐군."

"……?"

노애의 표정이 살짝 변했다.

추이의 반응을 이해하지 못했기 때문이다.

보통의 인간은 자신이 적에게 고통을 줄 수 있을지언정 공포를 줄 수 없을 때 분노하고 좌절하며 허탈해하기 때문이다.

하지만 추이는 별로 그런 것에 관심이 없어 보였다.

ㅊㅊㅊㅊㅊㅊㅊㅊㅊ……

그저 묵묵히, 손바닥 위로 시뻘건 내공을 뿜어낼 뿐이다.

이윽고, 추이의 손 위로 창귀 한 마리가 현현했다.

어찌 된 영문인지 그 모습은 죽어 가고 있는 노애의 두 눈에도 똑똑하게 보였다.

"아……."

노애의 눈알이 미친 듯이 흔들린다.

그간의 사정없는 구타에도 굳지 않았던 놈의 표정이 딱딱하게 굳었다.

곤귀 구강룡. 그의 혼백이 창귀가 되어 노애를 내려다보고 있었다.

"흐."

노애가 입을 벌렸다.

"아흐ㅇㅇㅇㅇㅇㅇㅇㅇㅇ……."

그러고는 괴상한 표정을 지은 채 울먹이기 시작했다.

"주, 주인님…… 주인님…… 그런 것이 아닙니다…… 저, 저는 배신하지 않았습니다…… 주인님 제발…… 어찌 저 같

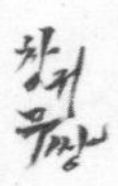

은 미천한 것을 잡으려 여기까지…… 흐아아아아아!"

엄청난 기세로 읍소하는 노애의 표정에는 공포가 덕지덕지 얼룩져 있다.

그의 사타구니에서는 이미 피가 섞인 오줌이 질질 흘러나오고 있었다.

"주인님주인님주인님주인님주인님주인님제발제발자비를베풀어주소서주인님주인님주인님주인님주인님……."

눈앞에 있는 존재는 진짜배기 곤귀다.

노애는 바닥을 엉금엉금 기어 추이의 발아래에 자신의 볼을 부비며 눈물을 흘렸다.

공포에 질려 제정신이 아닌 듯한 모습.

그런 노애에게 추이는 나지막한 어조로 선언했다.

"창귀가 되면 둘이 영원히 함께 있을 수 있을 거야."

"……! ……! ……!"

노애는 추이의 말을 알아듣지 못했다.

하지만 그 말 속에 담겨 있는 거대한 악의(惡意)만은 고스란히 느낄 수 있었다.

"제, 제발! 제발! 주인님! 새 주인님! 이, 이, 이제부터는 다, 당신을 섬기겠습니다! 앞으로 당신을 위해 제 모든 걸 다 바칠 테니 제, 제발 저를 저 괴물과 함께 두지 마소서! 제발! 제발요!"

제정신을 차린 노애가 추이의 신발을 핥으며 볼을 부볐다.

그리고 필사적으로 몸을 떨며 애원했다.

하지만. 노애가 잘못 생각하고 있는 것이 있었다.

애초에 추이는 노애에게 아무런 악의가 없었다.

무관심(無關心).

그저 새로운 기술을 시험해 보기 위한 과녁.

그 이상도 그 이하도 아닌 것이다.

…톡!

추이의 검지 끝이 노애의 이마에 가 닿았다.

이올의 제칠 층계에 오른 이후 새롭게 쓸 수 있게 된 편의 기능.

그리 대단하지는 않지만 사실 사용하기에 따라 활용도가 무궁무진한 기술이다.

바로 '혼백을 산 채로 뽑아내는' 능력이었다.

ㅊㅊㅊㅊㅊㅊㅊㅊㅊㅊ……

추이의 내공이 회전한다.

심상 속에 붉은 핏물들이 모여 커다란 수레바퀴를 만든다.

자그마치 일곱 개나 되는 거대한 륜(輪)이 돌아가기 시작했다.

그곳에서 자아내는 실은 추이의 손가락 끝을 통해 낚싯줄처럼 드리워지고, 이내 그 끝에 노애의 혼백이 걸려 나온다.

이윽고.

쫘–아아아아아아악!

노애의 혼백이 창귀가 되어 뽑혀 나왔다.

[……? ……? ……?]

처음으로 창귀가 된 노애의 혼백은 영문을 모르겠다는 듯 멍한 표정이다.

바로 그 순간.

터-억! 차라라라라락!

노애의 창귀가 별안간 목을 부여잡는다.

[키헉!?]

놈의 목에 채워져 있는 검붉은 고리.

그것은 죽은 뒤에도 여전했다.

그리고 고리 끝에 연결되어 있는 사슬의 건너편에는.

[…….]

벌쭉벌쭉 웃고 있는 곤귀 구강룡의 창귀가 있었다.

[……! ……! ……!]

노애의 창귀는 기겁을 하며 발버둥 쳤지만 목줄과 사슬은 풀리지 않았다.

이윽고, 곤귀의 창귀는 노애의 창귀에게 목줄을 채운 채 추이의 단전 속 뇌옥으로 기어 들어갔다.

[아-아아아아아아아아아!]

텅 비게 된 여인숙에는 이제 아무도 들을 수 없게 된 노애의 슬픈 절규만이 울려 퍼질 뿐이었다.

늦은 밤.

"……헉! ……허억! ……헉!"

구예림은 황급히 객잔의 창문 안으로 들어왔다.

그러자.

"서, 서문 부교관? 무사한…… 헉!?"

이내 그녀의 눈에 놀라운 광경이 들어왔다.

고간거륜 노애.

온몸이 만신창이가 된 그가 난간에 등을 기댄 채 멍하니 앉아 있었다.

입가에서는 침 한 줄기가 흐르고 있었고 사타구니는 피와 오줌으로 축축하게 젖었다.

그 앞에는 서문경 부교관이 서 있는 것이 보였다.

구예림은 숨을 헐떡이며 물었다.

"이, 이게 어떻게 된 건가?"

"별일 없었습니다. 모두 무사합니다. 이자만 빼고."

"노애를 어떻게 잡았나? 이자는 아주 무서운 색마인데."

"여기에 나타났을 때는 이미 어느 정도 부상을 입고 있었고 내공 소모도 상당해 보였습니다."

시문경 부교관의 말을 들은 구예림은 생각했다.

'……그게 말이 되나?'

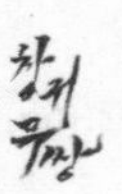

노애는 초일류를 넘어 거의 절정에 다다라 있던 고수였다.

물론 자신과의 전투에서 머리와 등에 유효타 두 대를 먹었고, 그 이후 내력 싸움에서 내공을 많이 소모하기는 했다.

하지만 그렇다고는 하나 겨우 부교관 정도 되는 이에게 생포당할 정도로 만만하지는 않다.

단, 이어지는 서문경 부교관의 말은 까다로운 그녀로서도 어느 정도 납득할 만한 것이었다.

"또한 춘약을 과다하게 복용하여 주의력도 떨어져 있는 것 같길래 기습으로 잡았습니다."

춘약.

그러고 보니 구예림 역시도 노애가 뿌려 놓은 춘약에 중독되었다.

'……큭!'

그녀는 가슴을 움켜잡으며 고통스러운 표정을 지었다.

아주 소량만 흡입했는데도 이 정도 효과라면 과다복용 시 어떤 결과가 나올지도 뻔히 예상이 된다.

정황상, 노애는 흥분한 탓에 춘약을 과다복용했고 그 탓에 서문경 부교관에게 기습당해 생포된 것이리라.

'아무튼…… 다행이야.'

아무도 죽지 않았다.

자신의 부주의로 인해 대형 참사가 벌어질 수도 있었던 순간이었기에 구예림은 안도의 한숨을 내쉬었다.

몸의 긴장이 풀리자 약기운이 더욱 빨리 돌았다.

풀썩-

서문경 부교관을 향해 걸어가던 구예림은 그대로 앞을 향해 넘어졌다.

그리고.

…쿵!

정신을 잃은 그녀는 그대로 나무 바닥에 엎어져야 했다.

서문경 부교관이 딱히 받아 주지 않았기 때문이다.

구예림은 꿈을 꾸었다.

세 개의 심상이 순차적으로 나열되고 있었다.

어린 시절 자신을 학대하던 아버지.

그런 아버지에게서 자신을 구해 준 스승.

그리고 마지막으로 자신의 앞에서 말을 달리던 넓은 등의 남자.

누군가의 뒤를 졸졸 따라가기만 했던 기억들.

자신이 아닌 남에게 기댔던 유일한 순간 순간 순간.

그러는 동안 구예림은 점점 몸이 뜨겁게 달아오르는 것을 느꼈다.

허리가 하늘로 붕 뜨는 것 같은 기분이 들었고 살이 접히

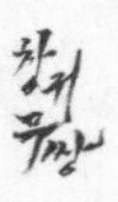

는 모든 부분 부분들이 간지럽다.

아무리 기지개를 켜도 개운해지지 않는 묘한 답답함이 정수리부터 발가락 끝까지를 꽉꽉 메우고 있었다.

몸속에서 몰아치는 이 열락(熱樂)의 기운을 어떻게 해소해야 할지 몰라, 구예림은 그저 땀을 뻘뻘 흘리며 몽중몽의 길을 한없이 내달릴 뿐이었다.

그리고 그 여정의 중간에서.

"……헉!?"

구예림은 별안간 두 눈을 번쩍 떴다.

화악!

상체를 일으키자 보이는 것은 방 안의 풍경이다.

그녀는 침대 위에 누워 있었다.

이불과 침상은 땀으로 흠뻑 젖어서 물기가 묻어날 정도였다.

"……."

순간, 구예림의 귀 끝이 빨갛게 달아올랐다.

아비와 스승에 대한 꿈은 종종 꾸곤 했지만…… 이번 꿈은 느낌이 조금 달랐다.

서문경 부교관. 그가 꿈속에 등장했다.

앞에서 말을 달리는 모습으로 말이다.

"……."

구예림은 젖은 얼굴을 손으로 한 번 쓸었다.

지금껏 남자에는 전혀 관심이 없었다.

그래서 남자를 볼 때 어떤 점을 보는지 자기 스스로도 몰랐었다.

하지만……이제 적어도 두 가지는 자각했다.

'나는 얼굴이랑 키는 안 보는구나.'

서문경 부교관을 떠올린 구예림은 무의식적으로 생각했다.

여기까지 오는 도중 그가 보여 주었던 듬직한 모습들을.

말을 잘 몰고, 말의 골절을 치료할 줄 알며, 비를 피해 집을 지을 줄 알고, 야생에서도 먹을 것을 척척 구해 오고, 매사에 완벽하게 준비되어 있고, 더군다나 자신이 저질렀던 커다란 실수까지 묵묵하게 수습해 주는…… 그런 남자.

지금까지 알게 모르게 들어 왔던 수많은 추문들과는 전혀 다른 모습을 가진 그에게 구예림은 서서히, 저도 모르게 마음이 움직이고 있었다.

"으으! 아니야! 내가 뭔 생각을…… 그는 그냥 직장 부하일 뿐. 이게 다 춘약이 몸에서 덜 빠져나가서 그렇다."

구예림은 가부좌를 틀고 천천히 운기조식을 했다.

몸에서 더운 김이 오르며 약간의 노폐물들이 검은 증기의 형태로 배출된다.

물론 거기에 춘약의 기운은 더 이상 남아 있지 않았다.

구예림은 얼마 있지도 않았던 몸속의 탁기를 전부 몰아낸

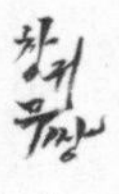

뒤 곧장 욕실로 가서 찬물을 뒤집어썼다.

좌악– 촥–

수만 번 단조된 검날처럼 단단한 그녀의 몸이 찬물에 식어 간다.

콧등을 비롯하여 몸 전체에 나 있는 흉터들이 오늘따라 유독 시리게 느껴졌다.

이윽고, 구예림은 크게 한 번 심호흡을 한 뒤 겉옷을 걸쳤다.

그리고 천천히, 방을 나서 계단 아래를 향해 내려갔다.

"……."

이제부터는 사감(私感)을 버리고 공무를 집행할 차례였다.

색마 노애.

그는 폐인이 된 채로 객잔 바닥에 방치되어 있었다.

팔다리를 비롯한 온몸의 뼈가 죄다 부러져 있기에 거동은 아예 불가능한 상태.

심지어 단전까지 부서져 있어서 그동안 쌓았던 공력까지 모두 잃어버렸다.

내공을 잃은 그는 젊음을 잃고 제 나이의 모습대로 돌아왔다.

아니, 제 나이보다 훨씬 더 늙어 보였다.

구예림은 노애를 가만히 내려다보았다.

"……지난밤에 대체 무슨 일이 있었던 거지?"

어제는 구예림 역시도 몸 상태가 말이 아니었던 터라 제대로 조사하지 못했다.

그녀는 노애에게로 다가가 그의 전신을 훑어보았다.

노애는 텅 빈 눈으로 멍하니 허공만을 바라보고 있었다.

입가에서는 계속해서 침이 흘렀고 똥오줌을 가릴 정신조차도 없어 보인다.

파리 한 마리가 노애의 눈알에 앉았다가 윙 하고 날아갔다.

그는 이제 눈을 감는 것조차 제 마음대로 할 수 없는 처지가 된 것이다.

그때, 옆에서 은이혜가 쭈뼛거리며 말했다.

"춘약을 과도하게 복용한 부작용이라고 들었어요. 그, 같이 오셨던 남자분께서 말씀하시길……."

"그렇군요. 서문 부교관이 이자를 제압하는 것을 보셨습니까?"

"아니요. 그분은 저희들한테 객잔 뒷길에 숨어 있으라고 하셨었어요. 혹시 휘말리게 될 수도 있다고…… 그래서 보지는 못했는데, 계속해서 색마의 비명 소리가 들려오기는 했어요."

구예림은 고개를 끄덕였다.

증언까지 확보했으니 정황 파악은 끝났다.

무림공적 노애는 등천학관의 구예림 교관과 싸운 뒤 부상을 입고 도주, 민간인 세 명을 겁간하려다가 도중에 등천학관의 서문경 부교관을 만나 격전을 벌였다.

그러던 와중 과다복용한 춘약의 부작용 때문에 이러한 결과에 이르게 된 것이다.

구예림은 노애의 몸을 포승줄로 묶었다.

이미 걸레짝이 된 몸이라서 새삼 묶을 것도 없었지만 말이다.

이윽고, 관에서 온 병사들이 노애를 잡아 압송해 갔다.

그는 무림의 공적이기도 하지만 고관대작들의 첩들을 간살한 죄로 수배 중인 국가의 죄인이기도 하기 때문이다.

구예림은 병사들에게 노애를 인계한 뒤 다시 객잔으로 되돌아왔다.

"……!"

그녀는 오는 길에 마구간에 있는 오추를 발견했다.

간밤의 소란에도 오추는 얌전히 잘 있었다.

다리에 대 놓은 부목은 여전히 튼튼해 보였다.

"까딱하면 네가 덧없이 죽을 뻔했구나. 미안하다."

구예림은 다시 한번 말의 갈기를 쓰다듬었다.

오추는 귀신이라도 본 듯 여전히 몸이 뻣뻣하게 굳어 있었지만 구예림이 쓰다듬을 때만은 편안하다는 듯한 표정을 지었다.
"……네가 산 것도 결국은 그의 덕분이구나."
구예림은 다시 한번 서문경을 떠올렸다.
진흙탕에 빠진 말을 돌보던 그 진중한 눈빛을 말이다.
그때.
"언니."
옆에서 누군가가 구예림을 불렀다.
"?"
구예림이 고개를 돌린 곳에는 자그마한 소녀 한 명이 서 있었다.
벽리연. 은이혜의 막내딸이었다.
"언니 볼이 빨개요."
"……!"
구예림은 저도 모르게 손으로 뺨을 가렸다.
"내, 내가 그랬니? 몰랐구나."
"응. 엄청 빨개요. 누구 생각했어요?"
"아, 아무도 생각하지 않았다. 추워서 그런 것이야."
구예림은 저도 모르게 거짓말로 변명을 하고 말았다.
그때, 벽리연이 말했다.
"언니는 거지 오빠랑 무슨 사이예요?"
"거지 오빠?"

구예림은 벽리연이 서문경을 개방 소속으로 오해했다고 생각했다.

그래서 그녀는 소녀의 오해를 정정해 주었다.

"나는 개방 소속이지만 그는 개방 소속이 아니다. 그러니 나는 거지 언니가 맞지만, 그는 거지 오빠가 아닌 것이야."

"아닌데. 거지 오빠 맞는데……."

벽리연은 목에 두르고 있던 담비 가죽을 만지작거리면서 말했다.

"거지 오빠가 옛날에 저 구해 주고 막 그랬어요."

"거지 오빠가? 서문경 부교관이?"

구예림이 눈을 동그랗게 떴다.

벽리연은 고개를 끄덕이며 말을 이었다.

"네. 저랑 엄마를 나쁜 놈들한테서 구해 줬어요. 백 명도 넘는 도둑들이었어요. 다른 데 있었던 언니도 구해 줬어요. 거기에는 도둑들이 더 더 많았대요."

"그렇구나. 혹시 사람을 착각한 건 아니니?"

"저는 착각 같은 거 안 해요. 얼굴이 달라졌어도 알 수 있어요. 사람마다 느낌이 있거든요."

"그래?"

구예림은 곰곰이 생각했다.

아마 서문경이 이 소녀와 인연이 있다면, 그것은 그가 등천학관에 들어오기 전이었을 것이다.

'내가 서문경 부교관에 대해 들은 소문들은 하나같이 다 추문뿐이었는데…….'

유부녀와 간통을 했다느니, 젊은 과부를 강제로 범했다느니, 길 가는 처자들에게 추파를 던지기 일쑤라느니, 그래서 집안에서도 쫓겨났다느니…… 들려오는 것들이라고는 온통 여색에 관련된 악소문뿐이었다.

그래서일까? 이곳 시골의 한 소녀에게서 듣는 말은 구예림에게 있어 굉장히 색다르고 진솔하게 들려오고 있었다.

"거지 오빠가 왜 너를 도와줬을까? 백 명이나 되는 무서운 아저씨들이랑 싸워 가면서 말이야."

"그건 제가 거지 오빠한테 국밥을 사 줘서예요."

"국밥?"

"네. 동전 두 닢짜리요. 제가 모은 용돈이었어요."

"너는 그걸 왜 거지 오빠한테 사 줬어?"

"불쌍해서요. 거지 오빠는 거지라서 돈이 없었거든요. 그리고 국밥집 주인이 나빴어요. 원래 동전 두 닢인데, 거지 오빠가 어리숙해 보이니까 동전 세 닢 달라고 했어요. 그래서 제가 사 준 거예요."

"그러니까…… 거지 오빠가 돈이 없어서 국밥을 못 사 먹고 있을 때, 네가 동전 두 닢으로 국밥을 사 줬고. 거지 오빠는 그 대가로 무서운 아저씨 백 명이랑 싸워 줬다 그거지?"

"네. 그리고 언니가 있던 곳에서도요."

"언니는 어디에 있었는데?"

"잘 몰라요. 아무튼 먼 데 있었어요. 근데 거지 오빠가 구해 줬대요. 그래서 엄마랑 언니랑 저랑 해서 우리 셋이 모여 살 수 있게 된 거예요."

"엄마랑 언니도 이 사실을 아셔?"

"몰라요. 거지 오빠가 얼굴이 다 바뀌었거든요. 근데 티를 안 내고 싶어 하는 것 같아서 저도 입 다물고 있으려구요. 언니도 울 엄마랑 언니한테 이거 말하지 마세요."

말을 마친 벽리연은 고개를 꾸벅 숙여 보이고는 다른 곳으로 도도도 뛰어간다.

구예림은 그 모습을 보며 잠시 생각에 잠겼다.

"……."

그녀의 머릿속에 하나의 서사가 완성되고 있었다.

도적들에게 핍박받는 모녀.

그리고 그 모녀를 구하기 위해 백 명의 도적들과 싸운 사내.

사내는 자신이 싸운 이유를 협(俠)이나 의(義)에서 찾지 않고 그저 국밥값 때문이라고 말한다.

그 후 사내는 치명적인 부상을 입고 얼굴이 망가진 상태에서 그때의 모녀와 재회했지만, 과거 자신이 베풀었던 은혜를 언급하면서 생색을 내거나 거드름을 피우지 않고 그저 조용히 스쳐 지나간다.

하지만 모녀의 위기는 끝나지 않았다.

기껏 평화로운 삶을 되찾은 그녀들을 위협하는 색마.

그러자 사내는 다시 한번 그 강력한 색마와 홀로 맞서 싸운다.

도와주는 이 하나 없이, 목숨을 건 사투를 벌여, 결국에는 그 색마를 퇴치한다.

이번에도 역시 아무도 알아주지 않으나, 그럼에도 불구하고 홀로, 외로이.

'……이거 완전.'

구예림의 손끝이 살짝 떨렸다.

어렸을 적, 스승님이 들려주는 대협객들의 이야기를 들으며 강호출도의 꿈을 꾸었던 적이 있다.

하지만 어른이 된 이후 강호의 살벌함과 냉혹함을 알게 되면서, 그녀는 무협지 속의 협객들은 사실 현실에 존재하지 않는다는 것을 깨달았다.

……그러나.

있었다.

바로 여기에 있었다.

무(武)를 가지고 협(俠)을 행하며, 자신의 공적을 드러내어 과시하지 않는, 이 시대의 진정한 협객이.

서문경 부교관.

그의 뒷모습을 떠올린 구예림은 다시 한번 뺨이 확 뜨거워

지는 것을 느꼈다.

'아직도 춘약이 덜 빠졌나?'

가끔씩 있다.

자동으로 움직이던 눈꺼풀, 호흡, 입술 같은 것들이 한번 움직임을 의식하게 되는 순간 모두 수동으로 변해 버리는 순간이.

구예림에게는 서문경의 존재가 바로 그랬다.

지금까지는 그냥 그 자리에 있는 사람, 전혀 신경 쓸 이유가 없었던 사람이었다.

……하지만 그를 한번 의식해 버린 지금, 구예림은 더 이상 서문경을 전처럼 대할 수 없을 것 같았다.

'주책이야 정말.'

괜히 애꿎은 자기 뺨만 찰싹찰싹 때릴 뿐이다.

야심한 밤.

비가 추적추적 내린다.

추이는 서문경의 면구를 손질하고 있었다.

"내구성은 좋은데…… 뜨거운 물에 닿았을 때가 약점이로군."

일정 온도 이상의 물에 닿으면 겉을 덮고 있는 약품의 막이 녹아내려 면구가 제 형태를 유지할 수 없게 된다.

추이는 면구에 약을 한 번 더 바르고는 그것을 몇 번 흔들어 말렸다.

그때.

끼익…… 끼익…… 끼익……

밖의 나무 바닥이 소리를 내기 시작했다.

누군가가 이 방을 향해 걸어오고 있다는 뜻이다.

추이는 면구를 얼굴에 덮었다.

이로써 그는 다시 등천학관의 서문경 부교관이 되었다.

그때.

똑똑똑—

누군가가 추이의 방문을 두드린다.

추이는 자리에서 일어나 문 앞으로 다가갔다.

그리고 천천히 문을 열었다.

복도에는 낯익은 얼굴이 서 있었다.

큰 눈, 오똑한 코, 갈색으로 약간 그을려 있는 피부, 그리고 콧잔등의 흉터.

구예림 교관. 그녀가 이 야심한 시각에 추이의 방을 찾아온 것이다.

"안 자고 있었나."

그녀는 다소 머쓱한 표정으로 추이를 내려다보다가 슬쩍 시선을 피한다.

어두운 공간, 은은한 촛불 빛이 비추고 있는 구예림의 용모는 무척이나 아름답고 몽환적이다.

하지만 추이는 별다른 감흥도 없이 짧게 대답했다.

"예."

"언제 잘 계획인가?"

"한 시진 정도 뒤입니다."

"그렇군. 자기 전까지 무엇을 할 생각이었지?"

"개인정비입니다."

"많이 바쁜가?"

"그렇게 바쁘지는 않습니다."

"흠. 그렇군."

변죽만 울리는 대화가 이어진다.

"……?"

추이는 구예림을 향해 눈썹을 찡그렸다.

그녀가 이 시간에 왜 자신을 찾아왔는지 용건을 짐작할 수 없었기 때문이다.

그러자 구예림은 손으로 자신의 머리를 벅벅 헝클어트렸다.

"으으음. 사실 이 말을 하려고 왔다. 다름이 아니라."

그녀는 들고 있던 촛불을 슬쩍 기울여 계단을 가리켰다.

"……같이 술 한 잔 하지 않겠나?"

일 층 객잔의 주방.

구예림은 화덕 앞에서 솥을 잡고 있었다.

“주인장이 주방을 맘대로 써도 좋다고 하더군. 밤늦게는 안주를 만들어 줄 수가 없으니 말이야.”

그녀는 솥에 담긴 닭고기 토막들에 직접 만든 양념장을 끼얹었다.

“어렸을 적 스승님께 요리를 배웠다. 그래서 닭 요리 하나는 자신 있지.”

의외로 그녀는 요리를 꽤 잘했고 관심도 많아 보였다.

“그러고 보니 사람들 앞에서 요리를 해 봤던 적이 딱히 없군. 항상 혼자 만들고 혼자 먹었어. 스승님과 함께 있을 때가 아니면 말이야.”

구예림은 땀을 흘리면서도 거센 불길 앞을 떠나지 않았다.

이윽고, 그녀는 추이의 앞에 닭도리탕 한 접시를 내놓았다.

“들지.”

“…….”

추이는 젓가락으로 닭고기를 집어 먹었다.

구예림이 은근한 기대감을 담아 물었다.

“먹을 만한가?”

"예."

짧고 무미건조한 대답이었지만 구예림의 얼굴이 약간 밝아졌다.

"그대도 요리를 꽤나 잘하는 것 같던데."

"험지에서나 자급자족하여 만드는 악식일 뿐입니다."

"그렇다기엔 무척이나 맛있었다. 앞으로도 가끔 생각날 것 같군."

"……."

다른 사람이었다면 빈말로라도 '기회가 된다면 또 만들어 주겠다'라고 했을 것이다.

그것이 구예림처럼 아름다운 여성이라면 더더욱 '기회를 만들어서라도 대접하겠다'라고 하리라.

하지만 추이는 어떠한 대답도 하지 않았다.

그리고 구예림은 그런 점이 미묘하게 신경 쓰였다.

결국, 그녀는 물었다.

"그대는 나에게 관심이 없나?"

"……?"

추이가 고개를 들었다.

술잔을 든 구예림이 그런 추이의 눈을 가만히 들여다보고 있었다.

"비단 나뿐만이 아니라, 다른 누구에게라도 말이다. 그대는 타인에게 아무런 관심이 없어 보이는군."

"그런 편입니다."

추이는 고개를 끄덕였다.

지난 삶에서도 그랬다.

가족도, 연인도, 친구도, 스승도, 동료도, 모든 것들이 다 비슷하다.

그것이 존재하는 짧은 순간 동안에는 행복하나, 그것이 부재하는 긴 세월 동안에는 괴로움으로 남는다.

추이는 두 번째의 삶을 시작하며 그런 괴로움들을 애초에, 근본부터, 최대한 배제하고자 하고 있었다.

그런 추이에게, 구예림이 물었다.

"외롭지 않나?"

"……."

구예림의 말을 들은 추이는 잠시 입을 다물었다.

외로웠던가?

지금껏 그런 생각을 해 봤던 적이 딱히 없는 것 같았다.

앞으로도 할 것 같지 않았고 말이다.

"……."

추이가 대답이 없자 구예림이 잔에 술을 채웠다.

"어제는 고마웠다. 춘약에 중독된 나를 침상으로 옮겨 주었던 게 자네라면서."

"별일 아니었습니다."

"상관으로서 모자란 모습을 보인 것 같아 부끄럽군. 아무

쪼록 이해해 주기 바란다."

"그러겠습니다."

술잔이 오간다.

추이는 술을 입에 대지 않았고 구예림은 계속해서 술을 마셨다.

탁-

술잔이 탁자 위에 놓였다.

쪼르르륵……

구예림은 또다시 술잔을 채웠다.

어색한 침묵이 감도는 가운데 술이 잔에 차오르고, 잔의 술이 목을 넘어가고, 잔이 탁자 위에 내리놓이는 소리만이 반복적으로 들려올 뿐이다.

이윽고. 구예림이 다시 한번 침묵을 깨트렸다.

"나는 그대가 나에게 관심을 가져 주었으면 좋겠다."

"……."

"왜냐하면 내가 그대에게 관심이 있기 때문이다."

구예림은 솔직하게 말했다.

"그대가 말을 몰던 것, 야숙을 했던 것, 말의 골절을 고쳤던 것, 그리고 무림공적을 잡았던 것, 이 모든 것들이 우수한 부교관의 표상이 아니겠나. 나는 그대를 무척 높이 사고 있다."

"좋게 봐 주시니 감사합니다."

"그렇게 딱딱하게 대답할 것도 없다."
이윽고, 구예림이 눈이 살짝 풀렸다.
그녀는 약간 꼬부라진 목소리로 말했다.
"사석에서는 나를 누나라고 생각해도 좋다."
"……?"
"나이 말이야. 내가 위 아닌가. 계급도 위지만 말이야."
구예림은 가득 찬 술잔을 들어 올리며 말을 이었다.
"자네는 가족도 없이 혼자 이곳으로 이사를 왔다고 들었어. 세상에 혈혈단신 의지할 곳이 하나도 없으면 힘들지 않나. 나 역시 그 마음을 잘 안다."
"……."
"누나라고 불러 봐."
"……."
추이는 잠시 이마를 짚었다.
구예림은 서문경이라는 인물에 대한 정보 때문에 이런 말을 하는 것일 게다.
'그런데 원래 이런 성격이었던가?'
옆을 흘끗 돌아보니 빈 술병이 벌써 일곱 병이나 된다.
그새 혼자서, 빠르게, 참 많이도 마셨다 싶었다.
구예림이 추이를 향해 목소리를 높인다.
"빨리 불러 봐라. 누나."
"취하셨습니다."

"어허- 누나. 얼른."

"……."

추이는 미간을 찡그렸다.

그러고는 한숨과 함께 대답했다.

"누나."

"더 크게!"

"누나."

"목소리 봐라. 더 크게!"

"누나!"

"그렇지. 동생!"

구예림은 마음에 든다는 듯 고개를 끄덕였다.

그러고는 긴 팔을 뻗어서 추이의 어깨를 탁 짚었다.

"우리 동생은 뭐 때문에 등천학관에 들어왔나."

"……."

첫 질문부터가 굉장히 귀찮다.

추이는 자신이 등천학관에 들어온 목적을 다시 한번 상기했다.

'홍공의 끄나풀들을 제거하고, 홍공이 숨어 있는 사도련을 견제하며, 황실이 주최하는 비무연에 나가 홍공을 죽이고 그가 일으킬 혈겁을 막아 내는 것.'

또한 등천학관 내에서만 접할 수 있는 정보나 기물 들을 획득하는 것 역시도 중요하다.

하지만 그것을 곧이곧대로 대답할 수는 없는 법.

추이는 묵묵한 태도로 말했다.

"신세를 갚을 일들이 많아서입니다."

"……그런가."

구예림은 술잔을 입술에 대며 고개를 끄덕였다.

이윽고, 그녀는 무거운 어조로 입을 열었다.

"사실 나는 그대의 뒷조사를 했다."

"……."

"오해는 마라. 내가 하고 싶어서 했던 것은 아니고, 개방에서 높은 직책에 있다 보니 하급 화자들에게서 다 정보가 올라온다. 그것들을 검토하는 것이 내 일이고. 그러다 보니 자연스럽게 알게 되었을 뿐이다."

구예림은 취기가 오른 목소리로 말을 이어갔다.

"그대에 대한 소문들은 안 좋은 것들이 많았다. 그래서 나는 일부러 그 소문들을 외면했다. 직접 두 눈으로 본 것만 믿겠다고 생각하면서."

"……."

"그리고 그렇게 하기를 정말 잘한 것 같다. 지금껏 함께해 본 결과, 그대는 그런 추문들과는 전혀 어울리지 않는 사람이야."

"……."

"다만 궁금한 점은 있다. 그대는 소문과 달라도 너무 달

라. 하급 화자들에게 올라온 정보들은 굉장히 믿을 만한 것이라 그들이 거짓을 고했을 리도 없다. 그렇다면 이게 어떻게 된 상황인지 나는 조금 혼란스럽다."

"……."

추이는 여전히 대답이 없다.

그런 추이를 향해, 구예림은 대답을 촉구하듯이 고개를 들었다.

"지금 그대의 모습은 위선인가? 아니면 과거 그대의 모습이 위악인가?"

"……."

"만약 위선이라면…… 내 눈조차 완벽하게 속여 넘겼으니 정말 대단하다고밖에는 말할 수가 없고. 만약 위악이라면, 왜 그런 행보를 보여 왔는지가 궁금하다."

말은 이렇게 하지만, 그녀는 사실 추이가 후자의 경우에 속한다고 거의 확신하고 있는 눈치였다.

"……."

침묵으로 일관하기에는 분위기가 너무 무겁다.

추이는 구예림의 술자리 제안을 거절했어야 했다고 생각했다.

하지만 일이 이렇게 되었으니 어쩔 수 없다.

추이는 구예림에 대해 알고 있는 정보들을 취합하여 가장 적절하면서도 무난한 대답을 택했다.

"사실 제가 등천학관에 들어온 이유는 구예림 교관님과 정확히 같습니다. 사도련과 맞서기 위해서입니다."

회귀하기 전, 추이가 아는 구예림은 한평생을 사도련과 싸우면서 보냈다.

사파(私派)를 향한 뿌리 깊은 미움과 증오.

만약 홍공이 혈교를 만들어 무림을 피로 물들이지만 않았어도 구예림은 사도련의 악인들을 때려죽이는 것에 모든 생애를 바쳤으리라.

……그러나.

"으음. 미묘하군."

구예림은 벽에 등을 기댄 채 눈을 감았다.

"그대가 사도련을 왜 미워하는지는 모르겠으나, 나는 이제 사도련에 별 감정이 없다."

"……!"

추이의 눈이 약간 커졌다.

회귀 전의 운명과 달라졌다.

구예림은 본디 혈교의 준동 전까지 사도련을 미워하고 증오해야 맞았다.

하지만 지금, 사도련이라는 단어를 입에 담는 구예림의 얼굴에서는 무관심함이 엿보이고 있는 것이다.

'뭐지?'

추이는 약간의 당혹스러움을 느꼈다.

지금껏 추이는 미래를 상당수 변화시켜 놓았으나, 그럼에도 불구하고 전체적인 운명의 큰 틀은 회귀 전과 다름없이 흘러가고 있었다.

마치 당랑 하나가 아무리 힘써 봐야 수레바퀴의 궤도가 당장 틀어지지 않듯 말이다.

하지만. 추이는 회귀한 이래 처음으로 전과 달라진 운명을 마주했다.

구예림은 술을 들이켜며 말했다.

"한때는 사도련 전체를 증오했던 적도 있었지. 그러나 이제는 아니다. 왜냐하면 미워해야 할 대상이 바뀌었기 때문이야."

이 또한 의미심장한 말이다.

사실 구예림이 누구를 미워하고 증오하든 간에 추이가 알 바가 아니었지만, 적어도 어떤 점이 원래의 운명과 달라졌는지 정도는 파악해 두어야 했다.

추이는 진중한 어조로 물었다.

"혹시 그 대상이 무엇인지 여쭈어도 되겠습니까?"

"……."

구예림은 천천히 고개를 끄덕였다.

그러고는 옅은 미소를 띤 채 대답했다.

"내게 있어서는 꽤 민감한 화제이지. 만약 다른 놈이 그런 것을 물어봤다면 얼굴에 한 주먹 먹여 줬겠지만…… 서문 부교관, 그대는 특별히 예외로 하겠다."

"감사합니다."

추이는 구예림의 대답을 기다렸다.

이윽고, 구예림의 표정에서 웃음기가 싹 가신다.

"내가 사도련 대신에 타도해야 할 대상은 바로……."

그러고는 더없이 진지한 어조로 말을 끝맺었다.

"삼칭황천(三稱黃泉)이다."

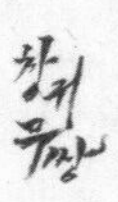

창마(槍魔)

삼칭황천(三稱黃泉).

그 별호를 들은 추이의 얼굴에 처음으로 당혹의 빛이 어렸다.

회귀 전, 구예림은 평생에 걸쳐 사도와 싸웠다.

그녀에 손에 잡혀 죽은 색마나 살인마 들의 숫자가 거의 네 자릿수에 육박할 정도였다.

구예림이 스승의 별호인 협개(俠丐)를 그대로 물려받았을 때쯤, 혈교의 난이 일어났다.

평소 악을 원수처럼 여겨 오던 그녀는 자연스럽게 타도의 대상을 사파에서 혈교로 바꾸었고 종국에는 혈교주 홍공에게 끔찍한 부상을 입히기까지 했다.

……그랬던 그녀가, 이제는 타도의 대상을 바꾸겠단다.

심지어 그 대상이라는 게 바로 추이 본인이었다.

추이는 당혹스러운 마음에 다시 한번 물었다.

"삼……칭황천. 말씀이십니까?"

"그래. 모르나?"

"들어 본 것 같기도 합니다."

"요즘 강호에 열풍을 일으키고 다니는 사내라지."

구예림은 조용히 술잔을 들어 입가로 가져갔다.

추이는 이해가 되지 않아 물었다.

"그가 뭔가 잘못을 저질렀습니까?"

"그런 것은 아니야. 오히려 협행을 하고 있지. 다른 별호가 급시우(急時雨)라고 하더군. 힘없고 가난한 이들을 도와주고 다닌다며 말이야."

"그렇다면 교관님의 정의에도 부합하는 인물이 아닙니까?"

"확실히, 예전이었다면 그렇게 생각했었을지도 모르겠군."

구예림은 계속 술만 마신다.

이미 쌓여 있는 술병이 열다섯 개가 넘었다.

휘이이이잉……

바람이 창문을 타 넘고 들어와 등잔불을 흔들어 놓는다.

추이는 다시 한번 말했다.

"어떠한 계기라도 있었습니까? 그를 적대시할 만한……."

"삼칭황천에 대해 관심이 많군, 서문 부교관. 그를 좋아하나?"

"좋아한다기보다는……."

"이해한다. 그는 인기가 많지. 학관 내에도 그자를 좋아하는 생도들이 많아. 몇몇 생도들은 아예 그를 종교 수준으로 추앙하고 있더군. 심지어 사도련에서 운영하는 '귀곡학당(鬼谷學堂)'에서도 그런 움직임이 있을 정도인데, 등천학관에서는 오죽하겠냐는 말이야."

구예림은 씁쓸한 표정으로 술병을 기울여 잔을 채웠다.

바람에 등잔의 불꽃이 기울며 꺼질 듯 말 듯 위태로이 흔들린다.

"나도 안다. 그는 협객임에 틀림없지. 약소 문파를 핍박하는 거대 문파들을 혼내 주고, 억울한 이의 누명을 벗겨 주며, 가난하고 힘없는 자들을 위하여 강자들과 싸우고, 부정한 재물을 빼앗아 배고픈 자들에게 나누어 주는, 그것이 협행이 아니면 무엇이겠나."

"……."

"나도 눈이 있고 귀가 있어 안다. 다 알고 있단 말이지."

구예림의 목소리 역시도 등잔 위의 불꽃처럼 흔들리고 있었다.

추이는 구예림에게 아무런 말도 하지 않았다.

구예림 역시도 추이에게 아무런 말도 하지 않는다.

그 뒤로도 한동안 더 침묵이 이어졌다.

"……내가 어렸을 적에."

먼저 입을 연 이는 구예림이었다.

술을 많이 마셔서일까? 그녀의 눈은 어쩐지 슬퍼 보인다.

"아버지와 둘이 살았던 집이 있었지."

"……."

구예림은 옛날이야기를 시작했다.

기억이 처음 시작되던 순간부터이니 아마 서너 살 때쯤 될 것이다.

"아버지와 나는 하남성 운몽산(雲夢山)에 살았다. 별로 좋은 기억은 없었지만……."

"……."

"아버지는 무림인이었다. 자신이 창안한 독자적인 무공으로 나름 일대종사의 자리까지 올라간 인물이었어."

구예림은 과거를 회상하고 있는지 먼 곳을 바라본다.

술이 그녀의 목젖을 넘어가는 소리만이 텅 빈 객잔 안에 조용히 울려 퍼졌다.

"아버지에게는 강박증이 있었다. 자신의 무공을 누군가가 도둑질해 가지 않을까. 그 불안은 날이 가면 갈수록 심해졌지. 그래서 기껏 만들어 놓은 비급을 어딘가에 숨겨 놓으려 했어. 모순적이지. 누군가가 무공을 훔쳐 가는 게 두려웠다면 비급 같은 것을 아예 만들지 않았으면 될 것을, 그것은 또 싫었던 모양이야."

구예림의 손끝이 살짝 떨렸다.

그녀는 눈앞에 있는 추이를 바라보며 물었다.

"그대라면 무공 비급을 어디에 숨기겠나?"

"다 외워 버린 뒤 태워 버릴 것 같습니다."

"그게 가장 좋지. 하지만 그 무공을 언젠가 특정한 후학에게 전수해야 한다면?"

"그렇다면 다른 이들은 알 수 없되, 그 특정한 인물만 알 수 있는 장소에 숨겨야겠지요."

"그렇겠지."

구예림은 고개를 끄덕이며 말을 이었다.

"아버지 또한 그랬다. 딸인 나에게 자신의 무공을 전수하고 싶어 했어. 그리고 내가 그 무공을 평생 온전히 간직하기를 원했지."

"……."

"하지만 어렸을 적의 나는 머리가 우둔하여 본 것을 금방 잊어버리고, 손에 쥔 것도 곧잘 잃어버리곤 하던 반푼이었다."

구예림은 술잔을 들이켰다.

늘 꼿꼿하던 그녀의 자세가 점차 풀어지고 있었다.

"그래서였을까? 아버지는 무공 비급을 나만 볼 수 있는 곳에 영원히 보관해 놓고자 했다. 그게 어디인지 궁금한가?"

"그다지 궁금하지 않습니다."

"솔직해서 좋군. 그렇지. 이런 것을 궁금해할 인물에게는 말 못 해. 오히려 그대처럼 아무 관심이 없는 사람에게는 말할 수 있지."

구예림은 쓰게 웃으며 추이의 눈을 바라본다.

이윽고, 그녀의 입이 열렸다.

"바로 내 몸이야."

"……?"

"아버지는 내 등에 무공 구결을 문신으로 새겼다."

"……!"

술기운 반, 분위기 반, 구예림은 모든 사람들을 통틀어 처음으로 추이에게 자신의 개인 사정을 이야기하고 있었다.

"고통스러웠다. 참으로 고통스러웠어. 피를 너무 많이 흘리는 바람에 목숨까지 위태로웠으니 말이야."

"……."

"만약 우연히 그 근처를 지나가고 있었던 스승님이 아니었더라면 그대로 죽었을지도 몰라."

구예림은 스승에게 구해지던 날의 과거를 회상했다.

아버지와 싸우던 협객.

자신을 낚아채 달리던 늙은 거지.

스승의 넓은 등에서 전해져 오던 따스한 온기.

"그 뒤로 스승님 밑에서 무공을 배웠다. 등에 적혀 있는 무공 구결은 쳐다보지도 않았어. 아버지에 대한 기억은 온통 고통뿐이었거든."

"……."

"그 뒤로 아버지라는 존재는 내게 있어서 증오와 그리움이라는 모순적인 감정으로 남게 되었다."

구예림은 술을 계속 마셨다.

쌓여 있는 술병의 수는 어느덧 서른세 개였다.

"스승님께서는 나를 협객으로 키워 내셨다. 큰 힘에는 큰 책임이 따르는 법이라며 대의에 귀의할 것을 가르치셨지."

"……."

"하지만 내 마음속의 한구석, 깊은 곳에는 여전히 유년시절의 공포와 증오가 자리 잡고 있었다. 수련을 빙자하여 나를 학대했던, 종국에는 목숨마저 위태롭게끔 몰아갔던 아버지에 대한 감정 말이다."

"……."

"나중에 복수를 할 것이라 다짐했었지. 개방을 떠나 무림맹으로 들어온 것 역시도 그 때문이었다. 훗날 알아본 바에 의하면 아버지는 사도련의 고위 간부가 되었다고 했거든."

구예림의 말을 듣는 순간 추이는 얼마 전에 들었던 정보 하나를 떠올렸다.

그것은 시비 영아가 말해 주었던 내용이었다.

'참. 이것은 그냥 호사가들의 뜬소문인데, 현무후님에게도 슬픈 출생의 비밀이 있다나 봐요. 어렸을 적에 의절한 부친이 사실 사도련의 고위 간부라는…….'

추이는 새삼 시비들이 공유하는 정보망이 얼마나 대단한지 실감할 수 있었다.

한편, 구예림은 쓰게 웃었다.

"결과적으로, 내가 무림맹에 들어와 사도련을 증오했던 것 자체가 유년시절 행동의 연장선상에 있는 것이라고 보는 게 맞겠지. 아버지의 가장 성가신 적이 되고 싶은 마음인지, 아니면 이렇게 해서라도 아버지의 관심을 다시 끌고 싶다는 마음인지, 가끔 나도 헷갈릴 때가 있다."

"……."

"이상하지? 후후— 나 같아도 그럴 것 같다. 그냥 흘려들어라. 이런 외딴곳, 멀리 떨어진 변방에서 술에 취해 털어놓는 푸념 아닌가."

그녀는 손사래를 치며 고개를 푹 숙였다.

자세는 이미 많이 허물어져 있었다.

한편, 추이는 아직 의문을 해소하지 못했다.

"그런데. 그것이 삼칭황천과 무슨 연관이 있습니까?"

"아, 그렇지. 그 대답을 아직 안 했지."

구예림이 다시 자세를 바로잡는다.

그녀는 흐트러진 앞머리카락을 뒤로 쓸어 넘기며 대답했

다.

"간단하다. 나의 이 복잡한 마음을 정리하기 위해서는 언젠가 한번 아버지를 만날 필요가 있었다."

"……."

"만나서 죽이든, 두들겨 패든, 욕을 하고 고함을 치든, 울며 용서하든, 뭐가 되었든 간에 내가 주체가 되었어야 했다."

"……."

"하지만 이제는 영영 그럴 수 없게 되었다."

구예림의 눈에 바알간 습기가 어렸다.

그녀는 떨리는 목소리로 말을 이었다.

"아버지가 삼칭황천에 의해 살해당했기 때문이다."

"……!"

구예림의 말을 들은 추이가 손으로 턱을 짚었다.

무슨 말인지는 알겠다.

전혀 관심 없었던 구예림의 과거사도 들었고, 그녀가 왜 자신을 증오하고 있는지도 머리로는 이해하겠다.

'일이 다소 꼬였군.'

추이는 자신이 죽였다는 사도련의 고위 간부를 떠올렸다.

단 한 사람밖에 없으니 기억해 내는 것은 쉬운 일이었다.

"……."

추이가 막 입을 열어 무언가를 말하려는 순간.

흠칫—

거미줄처럼 뻗어 나가 있던 기감(氣感)의 줄에 무언가가 걸려들었다.

"……."

추이는 입을 다물고는 고개를 돌렸다.

휘이이이이이잉—

거세게 불어온 바람이 결국 등잔의 불을 꺼 버렸다.

"으음? 불이 꺼졌나."

구예림이 풀린 눈으로 고개를 들어 올렸다.

그 순간.

"……!"

무언가를 감지한 그녀의 눈빛에서 술기운이 싸악 빠져나갔다.

"서문 부교관."

"예. 누가 있군요."

캄캄한 객잔. 창문 너머로 차가운 바람이 불어온다.

구예림과 추이는 창 너머로 내려앉은 어둠을 가만히 바라보았다.

이윽고, 무언가가 바람을 가르며 날아들었다.

통— 데구르르르르르……

그것은 밧줄로 칭칭 감겨 있는 웬 구체였다.

"이게 무슨……?"

구예림이 막 그 구체를 들여다보는 순간.

화–악!

추이의 손이 구예림의 코와 입을 덮었다.

"……!?"

그녀가 막 무어라 외치기도 전에.

콰–쾅!

구체가 폭발을 일으켰다.

끊어진 밧줄 조각들이 사방으로 비산하며 자욱한 연기가 뿜어져 나오기 시작했다.

'독(毒). 내공을 흩어 버리는 산공독 종류인가.'

추이는 허공을 떠다니는 분진들을 보며 미간을 찡그렸다.

…툭! …툭! …툭! 데구르르르–

창 너머에서 독탄들이 계속해서 날아든다.

쾅! 콰쾅! 펴펴펴펴펑!

그것들은 연달아 폭발하며 주변으로 산공독 가루를 뿜어내고 있었다.

"윽– 으윽!"

구예림은 눈물과 침을 흘리며 괴로워한다.

산공독에는 강력한 최루 효과가 있는 데다가 장소가 제한된 공간이다 보니 초일류에 이른 구예림조차도 쉽게 대응하지 못하고 있었다.

이윽고, 최루 분진 너머로 수많은 그림자들이 나타났다.

그것들은 창문과 문을 넘어서 객잔 내부로 들어왔고 순식간에 포위망을 구축했다.

하나같이 검은 복면을 쓰고 있는 이들이었다.

"웨…… 웬 놈들이냐!?"

구예림은 힘겹게 목소리를 냈다.

그러자 복면인들 사이에서 한 남자가 걸어 나왔다.

큰 키에 떡 벌어진 어깨를 가진 복면인이 구예림을 내려다보며 말했다.

"련(聯)에서 왔다."

"……!"

구예림이 눈을 사납게 떴다.

하지만 이미 산공독에 중독된 이후라 그녀가 취할 수 있는 행동은 적었다.

복면인은 차갑고 음울한 어조로 말했다.

"곤귀(棍鬼) 구강룡의 딸 구예림. 네게서 일척도건곤(一擲賭乾坤)의 구결을 회수하겠다."

어느새 정신을 잃었을까.

구예림은 어두운 공간에 서서 아주 오래전의 기억을 마주 보고 있었다.

그녀의 앞에는 그녀의 아비가 서 있다.

오래전에 헤어지고 나서 얼굴 한 번 본 적 없던 아비.

그는 구예림의 앞으로 검은색의 곤을 들어 보였다.

'잘 보아라. 이것이 아비가 창안한 무공이다.'

아비는 아직 어린 구예림을 저 뒤에 서 있게 하고는 앞을 향해 걸어갔다.

앞쪽에는 거대한 폭포가 흐르고 있었다.

마치 이 세상의 끝에서 떨어져 내리는 것 같은 어마어마한 규모의 폭류(瀑流).

아비는 그 아래에서 곤을 꽉 붙들어 쥐고는 그것을 힘차게 위로 찔렀다.

콰―콰콰콰콰콰콰쾅!

아비가 내뻗은 곤은 거대한 흐름을 만들어 냈다.

엄청난 기세로 떨어져 내려던 폭포의 물들이 일순간 허공에 정지하는가 싶더니, 이내 승천하는 용처럼 하늘로 솟구쳐 오르기 시작했다.

단 일격으로 폭포가 떨어져 내리는 방향을 정반대로 바꿔 버리는 힘.

구예림은 멍한 표정으로 그것을 바라보고 있었다.

…후두둑! …후두둑! …후두둑!

이윽고, 하늘에서 소나기가 쏟아졌다.

쏴아아아아아아아아아아아아……

높게 솟구쳐 오른 물기둥이 때 아닌 폭우가 되어 떨어져 내리고 있었다.

아비는 구예림의 머리를 쓰다듬으며 말했다.

'이것은 일인전승(一人傳承)이 될 터. 그러니 나의 유일한 혈육인 너만이 자격이 있다.'

아직 어렸던 그녀는 멋도 모른 채 고개를 끄덕였다.

아비는 흡족한 표정으로 말했다.

'오늘의 일을 기억해라. 언젠가 반드시 이것을 네 것으로 만들어야 한다.'

…좌악!

얼굴에 차가운 물이 끼얹어졌다.

"……!"

구예림은 눈을 떴다.

그녀는 밧줄에 꽁꽁 묶인 채 의자 위에 놓여 있었다.

산중턱 외딴 곳에 있는 오두막.

이 집의 원래 주인으로 보이는 일가족은 이미 죽어서 저 구석에 나동그라져 있었다.

'산공독은 이미 흩어졌다. 내공은 돌아왔어.'

구예림은 단전 속에서 멀쩡하게 잘 꿈틀거리고 있는 내력

을 운용했다.

손발을 묶고 있는 이깟 밧줄 따위는 단숨에 끊어 버릴 생각이었다.

그러나.

꽈드드드드득!

이상하게도 밧줄은 끊어지지 않았다.

오히려 손목과 발목 근처로 집결하는 구예림의 내공을 흩어 버리고 있었다.

그제야 구예림은 눈치챘다.

자신의 몸을 구속하고 있는 밧줄이 예삿 기물이 아니라는 것을 말이다.

이윽고, 그녀의 앞으로 발걸음 소리들이 들려왔다.

검은 옷을 입은 사내들 십수 명이 구예림의 앞에 섰다.

그들은 모두 복면을 벗고 있는 상태였다.

"소용없다. 그 밧줄은 귀곡자가 만든 '천등승(千藤繩)'이야. 내공으로는 끊지 못하지."

구예림은 제일 앞에 있는 남자의 목소리를 듣고 눈을 가늘게 떴다.

이윽고, 그녀의 앞으로 한 중년인이 걸어와 섰다.

뒤로 쓸어 넘긴 회색의 머리칼, 흰자밖에 보이지 않는 작은 눈과 얼굴의 절반을 뒤덮고 있는 화상 자국.

구예림이 씹어 내뱉듯 말했다.

"창마(槍魔) 구강호."

"오랜만이구나, 예림이. 많이 컸어."

구강호. 그는 무림에서 '창마'라는 별호로 불리는 사파의 고수다.

곤귀 구강룡의 동생인 그는 사도련의 최고위 간부들 중 하나로 이 자리에 섰다.

뒤에 시립하고 있는 검은 옷의 사내들은 아마 창마라는 마명(魔名)을 따르는 제자들일 게다.

"숙부가 되어서 질녀(姪女)의 피를 볼 수는 없지. 원하는 대답만 듣는다면 해코지는 하지 않으마."

창마는 구예림의 얼굴을 들여다보며 나지막한 목소리로 물었다.

"네 아비의 무공은 어디에 있느냐?"

"……그걸 왜 나한테서 찾나. 나는 네 형이라는 작자와 의절한 지 오래다."

"말버릇이 험하구나. 하긴, 개방의 거지들이 제대로 된 교육을 시켰을 것 같지는 않다만……."

창마는 선 자세에서 고개만 숙여 구예림과 눈을 맞추었다.

그러고는 나지막한 어조로 말을 이었다.

"사도련주가 곤귀 구강룡의 무공 '일척도건곤'을 탐내고 있다. 그 구결은 어디에 적혀 있느냐? 비급이 있다면 그것을 내놓고, 없다면 외우고 있는 것을 불러 다오. 받아 적어 가

마.”

“나는 그따위 것 모른다. 어렸을 적에 잠깐 배운 적이 있지만 벌써 다 잊어버렸다.”

“예림아. 우리는 상(喪)을 같이 치러야 할 사이 아니더냐. 이 못난 동생이 형의 영전에 향을 피우거든, 너는 아비의 영전에 전이라도 부쳐다 바쳐야지.”

“나는 개방에 들어갈 때 과거의 모든 신분과 인연을 버렸다. 지금의 나는 그냥 거지일 뿐이야.”

“이런 동문서답에도 불구하고 이 숙부는 도저히 질녀를 괴롭힐 수가 없구나. 그러니 거지 타령은 여기까지만 하고, 앞으로는 순순히 협조해 주었으면 좋겠다. 그렇지 않으면…….”

창마는 뒤를 향해 눈짓했다.

그러자 창마의 제자 하나가 구석에 있는 무언가를 질질 끌고 왔다.

그것을 본 구예림의 두 눈이 커졌다.

“서문 부교관!?”

창마의 제자들에게 잡혀 있는 것은 바로 서문경 부교관이었다.

그는 피투성이가 된 채 기절해 있었다.

팔과 다리가 천등승에 꽁꽁 묶여 축 늘어져 있는 것이 보인다.

창마의 제자들은 서문경의 머리채를 잡아끌고 구예림의 앞에 쓰레기처럼 던져 놓았다.

'이럴 수가…… 나 때문에 죄 없는 사람들이…….'

구예림은 피가 날 정도로 이를 꽉 깨물었다.

오두막 주인 일가를 비롯한 애꿎은 사람들이 자신의 일에 휘말려 피해를 입은 것 자체가 참담한 일인데 심지어 그 피해자들 중에 서문경 부교관까지 끼어 있으니 더더욱 비통했다.

그녀의 표정을 본 창마 구강호가 입꼬리를 비죽 말아 올렸다.

"예림아. 누가 뭐래도 너는 형의 자식이자 나의 질녀다. 오직 너만이 일척도건곤의 구결을 알고 있어. 네가 비협조적으로 나오면 이 숙부도 다른 방법을 강구해야 한다."

"……."

"너는 곤귀의 독문무공을 전수받은 유일한 후계자다. 지금 사도련주가 그것을 원하고 있고, 천하의 그 누구도 그의 뜻을 거스를 수 없어. 심지어 살아생전의 네 아비 역시도 그랬다."

"……."

구예림은 고개를 숙인 채 말이 없다.

이윽고, 그녀는 씹어 내뱉듯 중얼거렸다.

"……구강룡. 그자는 내가 언젠가 직접 죽이려 했다. 그딴

놈이 남긴 무공 따위 알 게 뭐냐."

"안 되겠군."

창마가 손을 움직였다.

…푹!

창마의 제자 하나가 서문경의 허벅지 위에 대고 못 하나를 꽂아 넣었다.

서문경은 어찌나 얻어맞았는지 축 늘어진 채 미동도 없다.

…푹! …푹! …푹! …푹!

창마의 제자들은 아무런 반응도 없는 그의 허벅지에 대고 계속해서 못질을 했다.

"그, 그만! 그만둬!"

구예림이 소리쳤다.

"그 사람은 아무것도 몰라! 나랑 아무런 상관도 없단 말이다!"

"아무런 상관도 없는 놈이니까 이렇게 못을 박고 있는 것이다. 상관있는 사람을 데려왔으면 네가 죄책감을 안 가질 게 아니냐."

"아, 알겠다. 일단 멈춰. 다 말해 줄 테니까 멈추라고!"

구예림은 피를 토하듯 절규했다.

그러자 비로소 서문경의 허벅지에 못을 박아 넣던 손길들이 멎었다.

지금껏 박힌 못들의 수는 정확히 열세 개였다.

구예림은 물기 어린 눈으로 서문경의 허벅지를 바라보던 끝에 이를 뿌득 갈았다.

"……구결을 외우고 있지는 않다."

"아직 정신을 못 차렸군. 못 가져와."

"정말이야! 이유가 있어!"

구예림은 서문경의 허벅지에 못을 박아 넣으려는 창마를 만류하며 다급하게 외쳤다.

"일척도건곤법의 묘리는 단순히 구결을 보기만 해서 외울 수 있는 것이 아니야. 애초에 비급으로 전해질 수 없는 구조다."

"그것이 무슨 소리냐? 비급으로 전해질 수 없는 무공이 어디에 있지?"

"있다. 애초에 구결 자체가 엄청나게 복잡하고 그것을 이루고 있는 한 글자, 한 글자가 극도로 어렵고 난해하지. 같은 획수와 부수, 비슷한 모양의 글자, 온갖 종류의 동음이의어, 중의적 표현, 비유와 은유, 역설, 도치, 이중부정, 음독과 훈독, 음독과 음독, 훈독과 훈독, 이렇게 얽히고설키는 것들이 부지기수라서 누군가가 옆에서 구술로 설명을 해 주지 않으면 절대로 알아들을 수가 없어. 구결을 이루고 있는 글자 모양만 암기했다가는 첫 문장도 이해할 수 없을 것이다."

구예림의 말은 전부 사실이다.

동시에 아픈 기억을 떠올리게 하는 열쇠이기도 했다.

수련이라는 이름의 학대로 얼룩진 유년시절의 기억.

기대에 부응하기 위해 노력했지만 역부족이었던 나날들.

아비의 시선이 기대에서 한심함, 한심함에서 경멸, 그리고 마지막에는 무관심으로 변해 버리기까지의 과정.

아직도 그때의 목소리가 귓가에 선하다.

'계집년이라서 그런가, 도무지 재능이라고는 찾아볼 수가 없구나.'

수련 끝에 지쳐 쓰러진 그녀에게 아비가 내뱉었던 말은 비수가 되어 꽂혔다.

'그렇다면 적어도 이 무공을 잘 숨겨 놨다가 네 아들에게 물려주기라도 해라.'

바로 그녀의 등짝에 말이다.

그날, '일척도건곤'의 무리가 담겨 있는 삼천이십일 글자의 구결이 구예림의 등가죽에 새겨졌다.

'계집년이라면 갈보가 되지 않고서야 제 알몸을 함부로 드러내고 다니지는 않겠지. 항상 꽁꽁 싸매고 다니도록.'

이를 꽉 악문 구예림의 입가에서 피가 흐른다.

하지만 그러거나 말거나, 창마는 구예림의 머리카락을 확 잡아 올렸다.

"그렇다면 네가 친히 해설을 해 주어야겠구나."

"……."

"말해라. 구결을 보면서 듣겠다. 비급을 어디에 숨겼지?"

창마 구강호.

곤귀 구강룡과 똑같은 얼굴, 똑같은 목소리.

그것은 구예림의 눈에 거대한 마귀의 것처럼 보이고 있었다.

"……. ……. ……."

구예림이 입을 열길 주저하자.

"안 되겠군. 못."

창마가 뒤를 향해 손가락을 까닥 움직였다.

그의 제자 하나가 곧바로 서문경의 허벅지에 못을 박으려 했다.

"마, 말할게! 다 말할 테니까 그 사람은 건드리지 마!"

구예림이 두 눈을 질끈 감았다.

"구결은……."

창마 구강호의 눈이 탐욕으로 번들거린다.

그의 제자들 역시도 긴장한 기색으로 구예림의 입을 쳐다보고 있었다.

이윽고, 구예림이 끊어져 가는 목소리로 말을 이었다.

"내 몸에……."

창마를 비롯한 모든 이들의 귀가 쫑긋 선다.

그리고 그들의 귀에 들려온 것은.

…투둑!

무공 구결을 토설하는 구예림의 목소리가 아니었다.

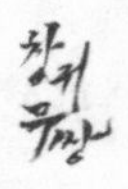

후두두둑—

끊어진 밧줄이 바닥으로 떨어지는 소리.

"……?"

모든 이들이 고개를 한쪽으로 돌렸다.

그곳에는 태연한 표정으로 일어나 있는 한 남자가 있었다.

서문경. 등천학관의 교관보좌.

그가 어느새 일어나 서 있었다.

손목과 발목을 묶고 있던 천등승을 모조리 풀어 버린 채로.

"?"

"?"

"?"

창마의 제자들이 지금의 상황을 이해하지 못하고 고개를 갸웃하는 순간.

…퍽!

별안간 사내 하나의 몸이 허물어졌다.

미간에는 못 하나가 박혀 있는 채였다.

"빌려줘서 고맙다."

서문경은 허벅지에서 뽑아낸 못을 손에 들고 있었다.

"돌려주마."

동시에, 서문경은 또 하나의 못을 집어 던졌다.

핏—

창마는 재빨리 고개를 옆으로 틀었다.

못은 창마의 뺨을 스치고 지나가 뒤에 있던 사내의 미간에 박혔다.

그것을 본 창마 구강호의 입가가 삐뚜름한 호선을 그리기 시작했다.

"……우리 질녀가 묘한 개를 한 마리 키우고 있었구만."

동시에, 그의 손에 시커먼 창 한 자루가 들렸다.

"과연, 믿는 구석이 있기는 있었다 이건가."

창에 실린 강대한 기운이 서문경을 향해 넘실거리기 시작했다.

"이 숙부는 궁금하구나. 최후의 희망마저 사라졌을 때, 우리 질녀가 어떤 표정을 지을지 말이…… 어?"

하지만 창마는 말을 채 끝맺지 못했다.

…퍼펑!

서문경이라는 놈이 별안간 바닥을 박차며 허공으로 뛰어오르더니.

쌔애애애애애애애앵!

그대로 창문을 타 넘어 도망가 버렸기 때문이다.

"……어?"

창마 구강호가 눈을 끔뻑였다.

눈을 한번 슥슥 비벼 봐도 보이는 광경은 똑같다.

서문경이 냅다 뛰고 있었다.

그는 그렇게 뒤도 돌아보지 않고 도망쳤다.

…퍼퍼퍼퍼펑!

잔상만 남을 정도로 빠른 움직임.

창마는 황당하다는 듯한 표정으로 입을 반쯤 벌렸다.

애초에 방금 전까지 피투성이가 된 채 늘어져 있던 놈이 어떻게 저런 움직임을 보일 수 있는지 의문이다.

창마가 이를 드러내며 으르렁거렸다.

"아까 저놈을 잡아 왔던 놈이 누구냐?"

그러자 제자들이 서로의 얼굴을 쳐다본다.

누가 저 서문경이라는 놈을 피투성이로 만들었는가.

그놈이 일을 제대로 처리하지 않았기에 다 잡아 놨던 사냥감이 저렇게 팔팔하게 도망가는 것이 아니겠는가.

……하지만.

"어이. 네가 잡지 않았어?"

"아니? 나는 사형이 잡은 줄 알았는데?"

"사매, 네가 맨 처음에 잡아 왔잖아?"

"아니야. 내가 잡았을 때는 이미 피투성이었는데?"

"내가 제일 먼저 객잔에 들어갔는데, 그때 이미 저놈은 쓰러져 있었다고."

창마의 제자들은 서로를 쳐다보며 의아하다는 듯한 표정을 짓는다.

그것을 본 창마는 혀를 찼다.

"……속임수에 당했군."

간단한 계략이다.

뿌연 연막이 모두의 시야를 가린 틈에 약간의 자해를 해 자신의 몸을 피투성이로 만든다.

그리고 적당히 바닥에 엎어져 있으면 누군가에 의해 이미 당해 버린 척 공격을 피할 수 있는 것이다.

'심계가 제법인 놈이니 살려 보냈다간 귀찮아진다.'

창마는 혀를 한 번 더 찼다.

"됐다. 쫓아라."

창마는 표정을 구긴 채 창문을 타 넘었다.

창마의 제자들 역시 머쓱한 표정으로 그 뒤를 쫓았다.

"그래도 다리에 못을 박아 놓았으니 그리 멀리 가지는 못할 것입니다."

"못에는 산공독도 발라져 있으니까요."

"바로 잡아 오겠습니다."

창마는 별 관심 없다는 듯 턱짓했다.

"죽이지 말고 산 채로 잡아 와라. 감히 내 앞에서 잔재주를 부린 대가를 치르게 해 주겠다."

"존명."

어두운 밤하늘 아래, 이빨을 드러낸 사냥개들이 숲속으로 산개한다.

⁂

……한편.

추이는 허벅지에 박힌 못들을 빼내며 달리고 있었다.

체내로 들어온 산공독은 진작에 태워 버렸다.

못 박힌 상처 역시도 순식간에 아물었다.

"천등승이라고 했나? 이것은 꽤 쓸 만한 밧줄이로군."

추이는 손에 들린 밧줄 한 뭉치를 물끄러미 바라보았다.

처음 이 밧줄을 들고 있는 자객들을 봤을 때, 추이는 싸우기보다는 생포당하는 쪽을 선택했다.

이 밧줄을 최대한 잡음 없이 손에 넣기 위해서였다.

뿌연 최루 분말이 넘실거리는 속에서, 추이는 가볍게 혀를 깨물었고 뿜어져 나온 피를 온몸에 발랐다.

그리고 적당한 곳에 쓰러져 있으니 과연 자객들이 다가와 손과 발에 밧줄을 묶었다.

……결과는 예상대로였다.

이 밧줄은 예사 밧줄이 아니다.

만물의 기를 읽을 줄 아는 추이가 이 밧줄에서만큼은 아무런 기를 느끼지 못했던 이유가 있었던 것이다.

천등승(千藤繩).

이 기물(奇物)만큼은 이상하게도 창귀의 힘이 통하지 않는다.

일반적인 무림인들의 내공 역시도 흩어 버리는 힘이 있다고 하니 과연 기물은 기물이다.

추이는 창마가 했던 말을 떠올렸다.

'그 밧줄은 귀곡자가 만든 '천등승'이야. 내공으로는 끊지 못하지.'

귀곡자.

사파의 지성이라 불리는 기인.

정파에 천기자(天機子)가 있다면 사파에는 귀곡자가 있다.

사람의 내기(內氣)를 흩어 버리는 이 사요한 기물은 분명 귀곡자의 솜씨로 탄생한 작품이리라.

그래서 추이는 밧줄에 묶이는 순간 살수 시절의 기술 하나를 썼다.

그것은 의외로 간단하다.

밧줄에 묶일 때 두 주먹을 붙이고 꽉 말아 쥐고 있으면 나중에 주먹을 폈을 때 밧줄 사이로 약간의 공간이 생긴다.

그 상태에서 어깨와 손가락의 관절 몇 개를 빼내니 손목의 밧줄쯤은 쉽게 풀어 버릴 수 있었다.

"귀곡자의 천등승보다 질긴 줄은 천하에 몇 없다지."

추이는 손목과 발목을 묶고 있던 천등승을 풀어서 품속에 넣었다.

나중에 이것들을 한가닥 한가닥 풀어서 얇고 긴 잠사(蠶絲)를 만들어 볼 생각이었다.

내공이 통하지 않는 질긴 잠사.

살수 출신인 추이에게는 여러모로 쓸모가 많을 것 같았다.

"이건 요긴하게 잘 쓰마."

추이는 한 나뭇가지 위에 착지했다.

벼락에 맞아 죽은 거목이라 그런가, 발을 내디딜 때마다 타 버린 나뭇결들이 바스라져 내린다.

바삭– 바삭– 바사삭–

그리고 사이로 작은 소음들이 따라오고 있었다.

사사사사사사사사사사삭……

수풀 속을 스치며 다가오는 그림자.

마치 검은 수면 밑으로 다가오는 교어(鮫魚)을 보는 듯한 풍경이다.

창마의 제자들이 추이의 뒤를 바짝 추격해 오고 있었다.

하나같이들 긴 창을 들고 있는 고수들이었다.

그러나, 회귀 전 창귀(槍鬼)라는 별호로 불렸던 추이에게는 그저 사냥하기 좋은 햇병아리들로 보일 뿐이다.

짤그락!

추이는 허벅지에서 빼낸 못들을 손에 꽉 말아 쥐었다.

그리고.

…퍼퍼퍼퍼퍼퍼퍼퍼퍼퍼펑!

어둠을 향해 그대로 집어 던졌다.

수풀 속에서 들려오던 움직임 몇 개가 뚝 그쳤다.

동시에 그림자 몇 개가 허공으로 솟구쳐 올라 추이를 향해 날아들었다.

못이 어깨나 허벅지 등, 급소를 피해 간 이들이었다.

"뒈져랏!"

창마의 제자 하나가 나무 위로 뛰어 올라왔고 곧장 추이의 복부를 향해 창을 찔러 넣었다.

나름 빠르고 정확한 일격이었으나.

빠캉!

그의 창날은 추이의 복부를 뚫지 못하고 튕겨 나간다.

"……?"

창의 주인은 자신의 창날이 왜 상대를 찌르지 못하고 튕겨 나가는지 이해하지 못한 표정이다.

추이는 친히 그 이유를 알려 주었다.

펄럭-

찢어진 옷자락이 나부끼며, 추이의 배에 배갑처럼 둘둘 감겨져 있던 사슬들이 풀어졌다.

차르르르르르르륵! 철커덕! 철커덕! 철커덕! 철커덕!

순식간에 조립된 매화귀창이 추이의 손에 들렸다.

…콰직!

추이는 맨 처음 달려들었던 사내의 얼굴에 창날을 박아 넣었다.

"으아아아아아!"

반대편에서 또 다른 사내가 창을 찔러 왔지만.

차르르륵! 철커덕!

추이는 창의 반대쪽, 네 번째 마디만을 분절한 뒤 그것을 쌍절곤처럼 휘둘러 그의 머리통을 부숴 놓았다.

뻐-억!

추이가 창을 회수했을 때는 얼굴이 갈라지고 머리통이 깨진 시체 두 구가 나무 아래로 굴러 떨어진 뒤였다.

파파파팍!

고목을 박차고 뛰어오르는 발소리들이 요란하다.

세 명의 사내가 창을 든 채 솟구쳐 올랐다.

쌔애애액!

각기 다른 방향에서 떨어져 내리는 세 자루의 창.

하지만 찔러 들어오는 방향이 직선이라면 충분히 예측이 가능하다.

방위 모두를 생각했을 때 창 세 자루가 차지하는 공간보다 그렇지 않은 여백의 공간이 훨씬 더 많기 때문이다.

추이는 허리를 뒤로 젖힌 채 고개를 옆으로 살짝 기울였고 그렇게 생긴 빈 공간으로 창 세 자루가 모두 빗겨 지나간다.

그 시점에서.

…철커덕! …철커덕! …철커덕!

추이는 매화귀창을 세 마디로 분절시켰다.

차라라라라라라락!

사슬로 연결된 창 마디들이 뱀처럼 꺾이며, 세 방향으로 들어오는 적들의 창을 단숨에 휘감아 묶어 버렸다.

동시에.

차르르르르르륵! 퍼퍼퍽!

추이의 손을 떠난 창의 반대쪽 끝마디가 두 명의 머리를 부수고 다른 한 명의 팔을 부러트려 놓았다.

"끅!"

팔이 부러지는 순간, 마지막 사내가 창을 반대쪽 손으로 바꿔 잡고는 작살처럼 내던졌다.

추이 역시도 창의 날 부분 마디를 들어 올려 날아드는 창을 마주했다.

…깡!

허공에서 창끝과 창끝이 서로 맞부딪쳤다.

날붙이의 뾰족한 끝과 날붙이의 뾰족한 끝이 서로 맞닿는 순간.

쩌어어억!

사내가 던진 창이 그대로 두 조각으로 갈라져 양옆으로 빗겨 날아간다.

…퍼퍽!

반으로 갈라진 창날과 창대가 옆에 있는 나무에 처박혔다.

추이의 창은 앞서 만났던 창을 두 조각으로 쪼개 버린 뒤에도 계속 같은 궤도로 날아갔고, 결국 창을 던졌던 사내의

심장을 관통해 버렸다.

쿵- 쿵- 파삭!

두 구의 시체가 먼저 땅에 떨어졌고, 그보다 조금 뒤 세 번째 시체가 떨어져 내렸다.

고목 아래에는 벌써 다섯 구의 시체가 늘어져 피 냄새를 풍긴다.

파사사사삭-

저 아래 풀숲에서 새로운 인기척들이 들려왔다.

피 냄새를 맡고 몰려오는 추격자들.

하지만 추이는 조금도 동요하지 않았다.

스윽-

추이는 나무에서 내려와 시체들의 옷을 벗겼다.

검은 피풍의, 이마를 가리고 있는 흑색 두건, 그리고 다 똑같이 생긴 검은 창.

피가 덜 묻은 옷들을 골라서 갈아입으니 영락없는 창마의 제자들 중 하나로 보인다.

추이는 어둠이 내린 수풀 속으로 녹아들었다.

그리고 옆에서 들려오는 발소리들보다 살짝 느린 보폭으로 움직여 거리를 맞추었다.

이윽고, 추이의 옆으로 그림자 하나가 바짝 붙었다.

"피 냄새가 난다. 교전이 있었나?"

"……."

추이는 대답하지 않았다.

그러자 창마의 제자들 중 하나가 추이의 옆으로 더더욱 바짝 붙었다.

"이봐. 교전이 있었냐고 묻잖아. 그놈은 어느 쪽으로 갔어?"

"……."

"……뭐야 이 새끼?"

이상함을 느낀 사내가 추이에게서 멀어지려는 순간.

부웅— 콱!

추이는 천등승으로 만든 올가미를 던져 사내의 목에 걸었다.

"헉!?"

사내는 목에 걸린 밧줄을 창날로 끊어내려 했지만.

파사사사……

창날에 흐르고 있던 내력이 모두 흩어져 버리는 바람에 밧줄은 끊어지지 않았다.

사내가 자신의 목에 걸려 있는 것이 천등승임을 깨닫는 순간.

콰—악!

추이가 올가미를 당겼다.

내공도 통하지 않고 날붙이에도 강한 천등승은 눈 깜짝할 사이에 대상의 목뼈를 부러트렸다.

…우득!

추이는 사내의 가슴팍을 발로 밟아 확실하게 목을 꺾어 놓았다.

"뭐야? 거기 왜 그래?"

옆을 스쳐 지나가던 다른 사내가 묻는다.

그는 추이의 발아래, 풀숲에 묻힌 동료의 시체를 아직 보지 못한 모양이다.

추이는 대답 대신 품에서 송곳 한 자루를 꺼내 던졌다.

…빽!

미간에 송곳이 박힌 사내는 달리던 기세 그대로 허공에서 공중제비를 돌고는 얼굴부터 땅에 떨어졌다.

"거기 뭐야?"

"피 냄새다."

"놈이 옷을 갈아입었다!"

"변장을 했으니 속지 마라!"

풀숲 너머의 추격자들 사이에서 혼란이 일어났다.

심지어 저희들끼리 창을 부딪치는 소리도 간간이 들려오고 있었다.

'역시. 전문 훈련을 받지 않았다면 살수가 아니라 단순한 엽사에 불과하지.'

추이는 다시 한번 조용히 발걸음을 옮겼다.

그리고 키보다도 높게 자란 풀숲 사이의 어둠으로 천천히 녹아내렸다.

애초에 부상도 입지 않았고 체력도 넘친다.

더군다나 한밤중의 숲은 추이가 제일 좋아하는 무대가 아닌가.

"……."

추이는 또다시 무대 한복판으로 향한다.

오늘은 지금껏 이것저것 구상해 놓았던 연출들을 자유롭게 시험해 볼 생각이었다.

바람이 불어 먹구름을 걷어 간다.

저벅- 저벅- 저벅-

어두운 산중에 울려 퍼지는 발자국 소리.

이윽고, 창마 구강호가 산 중턱의 거목 앞에 섰다.

벼락을 맞아 불타 버린 나무 아래에 스물네 구의 시체가 늘어져 있었다.

창마는 늘어져 있는 시체들의 얼굴을 하나하나 확인했다.

"……."

제자들의 신원을 확인한 창마가 미간을 꾸깃하게 찡그렸다.

침과이십사수(枕戈二十四手).

잘 때 창을 베고 누울 정도로 창에 미쳐 있었던 스물네 명의 제자들.

그들이 모두 죽었다.

지금껏 창마의 밑에서 때로는 혀가 되고 때로는 손가락이 되어 움직였던 이들이 한꺼번에 몰살당한 것이다.

'……대부분 일격에 당했군.'

창마는 제자들의 시체를 하나하나 뒤집어 보았다.

얼굴이 쪼개진 이, 두개골이 박살 난 이, 심장이 꿰뚫린 이, 관자놀이가 주저앉은 이, 미간에 구멍이 난 이…… 거의 대부분 급소를 맞아 절명했다.

일격에 죽은 게 아닌 이들도 두 번째 공격을 넘기지 못했던 것으로 보인다.

애초에 팔이 부러져 있거나, 발뒤꿈치의 힘줄이 잘려 나가 있거나, 눈알이 터졌거나, 사타구니가 피로 물들어 있는 것을 보면 사실상 첫 번째 공격으로 전투가 불가능한 상태가 된 것이 분명했다.

그 뒤로 얼마간 목숨만 붙어 있다가 나중에 확인사살을 당했고 말이다.

창마는 혀를 찼다.

제자들에게 딱히 인간적인 애착은 없다.

하지만 나름대로 공들여 키웠던 사냥개들이니만큼 아쉬움이 남는 것은 어쩔 수 없었다.

그것은 아끼던 도구를 잃어버렸을 때나 느낄 법한 상실감이었다.

'그나저나, 이놈들을 다 잡아 죽일 정도면 보통 놈이 아닌데…….'

제자들은 평균적으로 일류에서 초일류 사이의 무위를 가졌다.

이놈들이 작정하고 한꺼번에 덤벼든다면 설마 창마 본인이라고 해도 크고 작은 부상들을 피할 수 없을 것이다.

최소 절정에 이른 고수 정도는 되어야 이들을 하룻밤 새에 모두 죽일 수 있으리라.

'숲이라는 지형과 밤이라는 시간대를 이용했겠지. 그리고 시체의 옷을 벗겨 입고 각개격파를 했을 거야. 아주 교활한 놈이다. 대체 누구지?'

현시점에 이런 식의 싸움을 할 줄 아는 고수는 강호에 몇 없다.

등천학관 내에는 더더욱 말이다.

'비무극? 아니, 그놈은 죽었지. 그렇다면 백비 그놈인가? 아니야. 수가 지나치게 잔혹해. 설마 나락곡의 적야차들인가? 요 근래 나락곡 놈들이 내 뒤를 캐고 다닌다는 말은 들었는데…….'

이런저런 생각을 하던 창마는 문득 서문경의 모습을 떠올렸다.

당연하게도 그놈은 아닐 것이다.

이 정도의 힘을 가진 고수가 겨우 등천학관에서 교관 보좌직이나 맡고 있지는 않을 테니까.

'어떤 놈이 난입한 거지? 아니, 처음부터 매복해 있었던 것인가?'

서문경은 아마 미끼였을 것이다.

창마는 그렇게 생각했다.

순간.

'아차!'

창마는 이를 악물었다.

폐가에 구예림을 혼자 놔두고 왔다.

천등승으로 꽁꽁 묶어 놓은 터라 걱정할 필요는 없다고 생각했건만, 침과이십사수 전원을 죽일 수 있을 정도의 고수가 숨어 있었다고 한다면 이야기가 다르다.

…으득!

자신이 함정에 빠졌다는 사실을 깨달은 창마는 그 즉시 발걸음을 돌렸다.

그리고 온 힘을 다해 내달려 왔던 길을 되짚어가기 시작했다.

'어떤 놈이 됐든 간에 상관없다. 이 세상에 내가 죽이지 못할 놈은 없으니.'

지금까지 사도련 내에서 벌인 기백 번의 생사결에서 단 한

번도 패하지 않은 초고수의 자신감이었다.

콜록– 콜록–

마른기침이 새어 나온다.

구예림은 천천히 눈을 떴다.

창마가 복부를 가격하는 바람에 잠시 기절했었다.

"누구……?"

이윽고, 구예림의 시야에 누군가의 모습이 들어왔다.

창마인가 했지만 아니었다.

서문경. 서문경 부교관.

그가 구예림을 묶고 있던 천등승 매듭을 풀고 있었다.

구예림이 떨리는 목소리로 말했다.

"왜 다시 왔나……."

고맙다고 솔직하게 말하기에는 너무 염치가 없다.

하지만 부하는 이런 상황에서도 여전히 담담하다.

"다시 올 만할 것 같아서 왔습니다."

"……무리인 것 같았으면 안 왔고?"

"그렇습니다."

서문경의 대답을 들은 구예림은 저도 모르게 웃어 버렸다.

그라고 해서 이런 상황이 무섭지 않을 리가 없다.

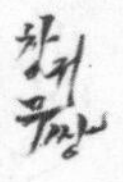

무림에서 무시무시한 흉명을 날리고 있는 절정고수가, 그것도 혼자 온 것이 아니라 스물네 마리의 흉폭한 사냥개들까지 끌고 왔는데 무섭지 않을 사람이 어디 있겠는가.

하지만 그는 돌아왔다.

위기에 빠진 상관, 아니 이제는 한낱 아녀자 한 명이나 다를 바 없는 자신을 구하기 위해서 말이다.

이런 절망적인 상황 속에서도 자신의 마음을 편하게 해 주기 위해 농담을 하는 서문경을, 구예림은 한동안 물끄러미 쳐다보았다.

한편 서문경, 아니 추이는 구예림을 들쳐 업으며 생각했다.

과거 호정문주 호연암과 곤귀 구강룡이 주고받았던 대화를 말이다.

'대금을 넘길 테니 우리 호정문의 식솔들은 털끝 하나 건드리지 마시오.'

'허허— 이거 왜 이러나, 문주? 내게도 과년한 딸자식이 있어.'

그때 추이는 바로 옆에서 그 대화를 들었었다.

구예림의 아비인 구강룡.

그를 죽인 이는 바로 추이다.

그리고 구예림 역시도 그것을 알고 있었다.

'내가 사도련 대신에 타도해야 할 대상은 바로 삼칭황천이

다.'

'나의 이 복잡한 마음을 정리하기 위해서는 언젠가 한번 아버지를 만날 필요가 있었다. 만나서 죽이든, 두들겨 패든, 욕을 하고 고함을 치든, 울며 용서하든, 뭐가 되었든 간에 내가 주체가 되었어야 했다.'

'하지만 이제는 영영 그럴 수 없게 되었다. 아버지가 삼칭황천에 의해 살해당했기 때문이다.'

추이는 생각했다.

'훗날 나를 원망하게 되어도 할 수 없다.'

구예림은 반드시 살아남아야 한다.

그녀는 혈교의 준동에서 정파의 수많은 영웅들을 살릴 대영웅이 될 테니까 말이다.

복잡하게 생각할 것 없이, 추이는 곧바로 창문을 넘어 내달렸다.

구예림의 가쁜 숨소리가 귓가에 닿는다.

"……서문 부교관. 나를 내려 줘라. 혼자서 달릴 수 있다."

"내상을 아직 회복하지 못하셨습니다."

"그대보다는 상황이 나아. 그대는 허벅지에 못이 잔뜩 박히지 않았나."

구예림은 추이의 몸 상태를 걱정하고 있다.

하지만 추이의 옷에는 피만 묻어 있을 뿐, 허벅지의 상처 따위는 진작에 아문 지 오래였다.

바로 그때.

"……!"

넓게 퍼져 있던 추이의 기감에 무언가가 걸려들었다.

숲 너머에서 무시무시한 기세로 폭사되는 살기(殺氣).

창마 구강호가 이쪽으로 오고 있었다.

순간.

팟-

구예림이 추이의 등에서 뛰어내렸다.

그녀는 이를 악문 채 추이를 향해 말했다.

"서문 부교관, 그대는 지금 당장 산을 내려가서 가장 가까운 관아나 토반옥에 도움을 요청하라."

"제가 남겠습니다."

"어서 가!"

구예림은 추이의 말을 중간에 잘랐다.

옥쇄(玉碎)할 각오를 한 듯, 그녀는 타구봉을 든 채 숲 너머를 노려보고 있었다.

"상대는 창마 구강호다. 그대는 몇 초도 채 버틸 수 없어."

"……."

"상대를 가려서 후퇴하는 것은 비겁이 아니다. 지금은 차라리 뒤로 물러서서 지원 요청을 하는 편이 나아."

둘 다 맞서게 되면 둘 다 죽는다.

하나가 맞서는 동안 다른 하나가 도망가서 지원 요청을 하게 되면 일단 하나는 산다.

운이 좋으면 둘 다 살 수도 있다.

구예림은 상황을 빠르게 판단했다.

"그대는…… 이제 방해만 된다. 어서 가라."

애써 차갑게 말하는 그녀.

하지만 가늘게 떨리는 목소리에서는 마음이 전해져 온다.

자신이 죽는 한이 있더라도 상대를 살리고 싶어 하는 진심이.

이윽고. 추이는 고개를 끄덕였다.

사사사사삭—

풀숲 안으로 사라지는 추이.

이제는 구예림 혼자만 전장에 남게 되었다.

이윽고.

…퍼펑!

덤불 너머에서 호랑이와도 같은 그림자 하나가 구예림의 앞에 내려섰다.

창마 구강호가 구예림을 노려보고 있었다.

"내 제자들을 죽인 놈은 어디 가고 너 혼자 있느냐?"

"제자들? 아까 그놈들 말이냐? 그놈들이 죽었다고?"

"거지들에게 시침 떼는 법만 배워 온 모양이구나."

창마의 말을 들은 구예림은 미간을 찡그렸다.

아까 전까지만 해도 잘 살아 있던 창마의 제자들이 죽긴

왜 죽었단 말인가?

'서문 부교관이 그새 몇 명을 쓰러트렸나?'

지금껏 서문경이 보여 주었던 의외의 모습들을 떠올리면 창마의 제자 한둘쯤은 요행으로 쓰러트릴 수 있지 않을까 싶기는 했다.

한편, 창마는 으르렁거리듯 말했다.

"좋다. 이 숙부가 마지막으로 제안을 하나 하마. 이것은 최후의 자비이기도 하다."

"……."

"나는 네가 등천학관에 몸담고 있는 이유를 안다. 특히나 무림맹의 수사력을 동원할 수 있는 치안국으로 간 이유를 말이야."

"……!"

구예림의 표정이 변했다.

창마는 그런 그녀의 반응을 보며 쐐기를 박았다.

"삼칭황천. 그놈을 죽이기 위해서지?"

"……."

구예림은 긍정도 부정도 하지 않았다.

창마는 계속해서 말을 이었다.

"그놈은 현재 사도련에서도 쫓고 있다. 잡는 것은 시간문제야."

"……."

"만약 내가 그놈을 잡는다면 제일 먼저 네게로 인계하마. 어떠냐? 이것은 사도련을 배신하는 행위이기도 하다."

"……."

"그 대신 이 숙부에게 구결을 넘겨라. 나는 네 아비의 동생이야. 너 다음으로 무공의 소유권을 주장할 자격을 가지고 있어. 네가 그 무공이 필요 없다면 그것은 나에게 돌아오는 것이 응당하다. 아니냐?"

"……."

의절한 숙부의 말에 구예림은 한동안 말이 없었다.

그리고 이내, 그녀는 단호한 어조로 대답했다.

"내가 삼칭황천을 잡으려는 것은 죽이기 위함이 아니다. 아비의 복수를 하기 위해서는 더더욱 아니지."

구예림의 시선이 창마의 눈을 마주했다.

조금의 흔들림도 없는, 맑고 단단한 눈빛이었다.

"그에게 묻기 위함이다."

"……무엇을?"

"곤귀의 최후가 어땠는지. 곤귀가 마지막으로 무슨 말을 했는지. 그것을 묻기 위해서."

구예림은 타구봉을 굳게 말아 쥐었다.

그리고 그것을 눈앞에 있는 강대한 적에게 겨누었다.

창마가 고개를 저었다.

"조카야. 감히 이 숙부에게 덤빌 셈이냐?"

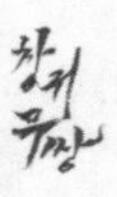

"이기지는 못해도 버틸 수는 있겠지."

"너는 내 창 앞에 일다경도 버텨 내지 못한다."

"그만큼이면 충분해."

"무엇이 충분하지? 정분난 사내가 제 여인을 내팽개치고 추하게 도망쳐 숨기에는 충분하다 이건가?"

"……!"

서문경을 언급하는 창마의 말에 구예림의 표정이 굳었다.

화상으로 얼룩져 있는 창마의 입꼬리가 삐뚜름하게 말려 올라갔다.

"이렇게 된 이상 어쩔 수가 없다. 일단 너를 불구로 만든 뒤 그 서문경이라는 놈을 잡아 죽이겠다. 그 뒤에는 내 제자들을 몰살시킨 놈 차례다."

창마가 기세를 끌어올리기 시작했다.

시커먼 내력이 피어오른다.

그것은 거대한 기둥의 형태로 솟구쳐 올라 달빛마저 가려 버렸다.

쩌적- 쩍- 파사사사사삭-

주변의 자갈들이 깨져 나갔고 흙은 바싹 말라 모래로 변해 바스라졌다.

창마가 뿜어내는 압도적인 기운.

그 앞에 선 구예림은 식은땀 한 방울을 흘렸다.

놀랍게도.

'이길 수 있어.'

구예림은 '얼마나 버틸까'가 아니라 '어떻게 이길까'를 고민하고 있었다.

'확률은 낮지만, 아예 없는 것은 아니니까. 최후의 순간에 '그 수'를 사용한다면…….'

손에 쥔 타구봉이 웅웅 울린다.

구예림은 지금껏 그 누구에게도 말하지 않은, 심지어 스승에게도 털어놓지 않았던 비밀을 끄집어내려 하고 있었다.

'일척도건곤(一擲賭乾坤).'

유년시절 아비에 의해 강제로 익혀야 했던 증오스러운 살초(殺招)를 말이다.

어두운 숲속.

구예림과 창마가 대치하기 시작했다.

창마가 표정을 찡그린 채 말했다.

"내 자비는 여기까지다. 이제부터는 혈연에 대한 그 무엇도 기대하지 말거라."

"문답무용."

구예림은 대답과 동시에 발을 움직였다.

천산산맥의 혈죽을 가공하여 만든 타구봉이 직선으로 쏘아져 날아갔다.

창마의 창 역시도 허공을 떨치며 움직였다.

퍼-엉!

구예림의 봉과 창마의 창이 허공에서 사납게 격돌했다.

콰콰쾅!

내력 싸움에서도, 힘 싸움에서도 구예림은 창마의 적수가 되지 못한다.

그녀는 이제 막 초일류의 경지에 접어든 몸이고 창마는 이미 오래 전에 절정의 반열에 든 몸이니 당연한 일이었다.

쉬이익-

창마는 구예림의 복부를 향해 창을 휘둘렀다.

무쇠로 된 창이 마치 채찍처럼 휘어지며 떨어져 내린다.

그러나, 구예림은 유연한 몸놀림으로 허리를 꺾어 창마의 창을 피했다.

창이 지나가고 난 빈 공간을 그녀의 절기인 타구봉법이 채워 간다.

퍼-엉!

타구(打狗)의 봉.

개를 패는 봉답게 투박하고 강맹한 일격.

구예림은 이를 악물었다.

창마와 같은 고수를 상대할 때에는 처음부터 힘을 모두 폭발시켜야 한다.

힘을 아껴 가면서 싸우는 것은 동급 이하의 상대에게나 통하는 수, 지금은 힘을 다 써 보기도 전에 죽을 수 있으니 일찌감치 모든 것을 동원해야 하는 것이다.

퍼퍼퍼퍼펑!

타구봉이 엄청난 속도로 휘둘러지며 허공에 붉은 적선을 그려 냈다.

본디 거칠고 투박해야 할 봉법.

하지만 그것은 구예림의 섬세하고도 정교한 손놀림에 의해 몇 배나 더 위력적으로 변했다.

더군다나 어려서부터 쌓아 온 심후한 공력이 더해진 결과, 그녀의 타구봉법은 가히 무림사에 이름을 남길 수 있을 정도의 위력을 발휘하고 있는 것이다.

그러나.

"재능 하나는 타고났구나. 나나 네 아비보다도 훨씬 뛰어나."

창마는 구예림의 봉을 그리 어렵지 않게 피해 냈다.

"하지만 아직 어려. 연륜이 부족하다."

동시에, 창마의 창이 독사처럼 휘며 이빨을 드러냈다.

벽사십일창법(癖邪十日槍法).

창마를 사도련 내, 무패의 마귀로 군림하게 만들어 준 열한 개의 초식이 펼쳐졌다.

콰콰콰콰쾅!

쇠와 대나무가 부딪칠 때마다 고막이 터져 버릴 것 같은 굉음이 울려 퍼졌다.

"……큭!"

당연하게도, 격돌의 중앙에서 밀려난 쪽은 구예림이었다.

손목뼈가 부서질 듯 저릿저릿하다.

창과 봉이 맞닿을 때마다 창마의 사요한 내력이 흘러들어와 독처럼 퍼져 나가기에 그렇다.

꽈악!

구예림은 금방이라도 놓쳐 버릴 것만 같은 타구봉을 더욱 단단히 말아 쥐었다.

수많은 전투의 상흔으로 인해 거칠어진 타구봉 끝이 창마가 들고 있는 창의 뾰족한 날을 겨눈다.

"……."

창마는 전과 달리 꽤 신중해져 있었다.

구예림의 봉법과 내력을 한번 겪어 보고 난 뒤 깨달은 모양이다.

하수라고는 하나 아무런 부상도 없이 쉽게 제압할 수는 없다는 것을.

창마의 눈알은 구예림의 얼굴에서 그녀의 손으로, 손에서 봉 끝으로, 봉 끝에서 다리로, 다리에서 다시 얼굴로, 쉴 새 없이 획획획획 움직이고 있었다.

이윽고.

핏―

창마의 창끝이 흐려졌다.

동시에 날카로운 바람 한 줄기가 일어나 구예림의 가슴팍을 노린다.

일직선으로 뻗어 오는 살기.

구예림은 그것을 피해 고개를 숙였고 타구봉을 위로 휘둘러 적색의 호를 그렸다.

그것은 창마의 천령개를 부숴 버릴 듯한 기세로 내리꽂힌다.

빠—악!

구예림의 타구봉이 창마의 창대에 가로막혔다.

사뿍!

창마의 창은 구예림의 허리를 가늘게 베어 내고는 제자리로 회수되었다.

동시에 구예림의 봉이 반원을 그리며 창마의 발등을 노렸다.

쾅!

창마는 발을 뒤로 빼면서 창을 비틀어 구예림의 한쪽 손등에 옅은 혈흔을 남겼다.

핏—

일격이 교환될 때마다 구예림은 조금씩 조금씩 손해를 본다.

반면 창마는 조금씩 조금씩 이익을 챙겨 가고 있었다.

둘 다 한 판에 많은 판돈을 걸지 않고 있는 것이다.

"……."

"……."

구예림과 창마의 사이가 긴장으로 인해 파르르 일그러진다.

구예림은 전신 근육을 팽팽하게 꼬았다.

금방이라도 뛰쳐나갈 자세를 잡은 채, 그렇게 눈앞의 창마를 주시하고 있었다.

으득-

구예림이 이를 악물었다.

그녀의 머릿속에서는 오래 전, 스승이 달무리 아래에서 보여 주었던 봉법의 묘리가 다시 한번 재현되고 있었다.

돈오(頓悟). 각성(覺醒). 대오(大悟).

오랫동안 정체되어 있던 발전은 어느 날 불현듯 찾아오는 한 번의 긴장으로 인해 폭발한다.

구예림은 회상 속 스승의 움직임을 따라 타구봉을 휘둘렀다.

악견난로(惡犬攔路), 당두봉갈(當頭棒喝), 오구탈장(獒口奪杖), 봉타쌍견(棒打雙犬), 압견구배(壓肩狗背), 발구조천(撥狗朝天), 봉도라견(棒挑癩犬), 사타구배(斜打狗背), 안구저두(按狗低頭), 반절구둔(反截狗臀), 천하무구(天下無狗)……

타구봉이 점점 더 빠르게 움직이며 내력의 길을 만들어 낸다.

그녀가 만들어 내는 궤적은 서서히 적색에서 금색으로 변해 가고 있었다.

창마는 자신의 턱 끝까지 밀고 들어오는 타구봉을 보며 혀를 찼다.

"일반적인 타구봉법이 아니구나. 항룡장의 묘리가 가미되어 있어. 이게 협개의 가르침이냐?"

항룡십팔장(降龍十八掌).

개방의 방주와 그 후계가 될 이에게만 전해져 내려온다는 진방절기(鎭幇絕技).

단순하면서도 심오한 묘리가 깃들어 있는, 극도로 강력한 외가 무공의 정수이다.

모든 변칙적인 무공들의 천적이라 불리우는 그 무공의 묘리가 지금 구예림이 휘두르고 있는 봉에 적용되어 펼쳐지고 있는 것이다.

…콰쾅!

구예림이 내지른 봉의 끝에서 내력이 뿜어져 나왔다.

그것은 뒤쪽에 있는 생나무들을 모조리 분질러 버리며 나아가 커다란 바위 하나를 모래알처럼 부숴 놓았다.

창마가 그것을 피해 위로 뛰어오르는 순간, 구예림은 즉시 봉을 회수한 뒤 곧바로 휘둘렀다.

엄청난 속도로 회수되는 내력, 그 기류에 휘말린 창마의 신형이 잠시 균형을 잃어버렸다.

그 순간.

콰쾅!

구예림의 타구봉이 창마의 가슴팍에 적중했다.

처음으로 들어간 유효타였다.

……하지만.

"간지럽구나."

창마 구강호의 강철과도 같은 육신은 구예림의 내력을 강제로 흩어 버렸다.

…콰직!

창마는 창을 휘둘러 구예림의 봉을 날려 버리고는 반대쪽 손으로 그녀의 목을 움켜쥐었다.

목을 잡힌 구예림은 곧바로 주먹을 말아 쥐었다.

이윽고, 항룡십팔장의 초식들이 주먹으로 재현되었다.

퍼-퍼퍼퍼퍼퍼퍼퍽!

구예림의 주먹이 창마의 얼굴과 목, 가슴팍을 연이어 강타했다.

항룡유회(亢龍有悔), 비룡재천(飛龍在天), 용전어야(龍戰於野), 잠룡물용(潛龍勿用), 신룡파미(神龍擺尾), 돌여기래(突如基來), 현룡재전(見龍在田), 이상빙지(履霜氷至), 혹약재연(或躍在淵), 쌍룡취수(雙龍取水), 진량백리(震諒百里), 시승육룡(時乘六龍), 밀운불우(密雲不雨)……

하지만.

"소용없다고 했느니라."

창마는 이를 드러내며 웃었다.

쿠-오오오오오오오오!

그가 뿜어내고 있는 압도적인 내력은 호신강기의 형태로 응집하여 구예림의 주먹을 막아 낸다.

그녀의 두 주먹은 금세 피로 물들었다.

콰드드드드득!

창마는 구예림의 목을 쥔 손에 더더욱 힘을 주었다.

"컥! 커헉!"

구예림은 창마의 손을 붙잡은 채로 기침했다.

바로 그 순간.

"……!?"

창마의 두 눈이 부릅뜨였다.

그의 시선은 찢어진 옷자락 너머, 구예림의 맨살에 가 닿고 있었다.

순간.

퍼-억!

구예림이 창마의 손을 뿌리치고는 바닥을 굴렀다.

나려타곤의 수로 창마에게서 벗어난 구예림이 바닥에 떨어진 타구봉을 집어 드는 순간.

펄럭-

찢어진 옷깃 너머로 그녀의 밑가슴과 허리, 그리고 등의 살결이 내비쳤다.

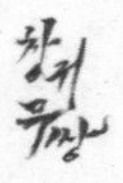

그리고 창마는 다시 한번 확인할 수 있었다.

구예림의 등에 빼곡하게 새겨져 있는 글귀 문신들을.

"……그렇군."

창마의 입꼬리가 비죽 올라갔다.

그의 눈빛에는 숨길 수 없는 환희가 넘실거리고 있었다.

"그랬었어. 형이 너를 아꼈던 이유가 이거였구나. 설마 등짝에 구결을 새겨 놨을 줄이야."

지금껏 창마의 움직임에 깃들어 있었던 일말의 머뭇거림이 사라졌다.

콰콰콰쾅!

창마는 구결의 위치를 파악한 즉시 창을 들고 달려들었다.

빠—각!

그러고는 구예림의 타구봉을 옆으로 후려치고는 손을 뻗어 그녀의 뒷머리카락을 잡아챘다.

"네년은 더 이상 필요 없다. 여기서 멱을 따 버리고 등가죽만 벗겨 가리라."

창마의 시선은 구예림의 등짝을 향해 고정되어 있었다.

……그리고.

구예림은 지금껏 바로 이 순간만을 기다려 왔다.

둘의 거리가 좁혀져 있는 상황에서 상대의 시선이 자신의 등짝만을 향해 고정되어 있는 바로 이 기회를.

창마가 다른 곳에 시선이 팔려 있는 동안, 구예림은 지금껏 감춰 왔던 비장의 한 수를 꺼내 들었다.
키리리리리릭-
심후한 내력이 타구봉의 겉면을 휘감아 돌며 강력한 와류를 만들어 냈다.
"……뭣!?"
별안간 달라진 구예림의 기세에 깜짝 놀란 창마가 고개를 내리는 순간.
콰-앙!
구예림의 타구봉이 앞으로 쏘아졌다.
남은 내력 전부를 담아 펼치는 최후의 필살기(必殺技).
'오늘의 일을 기억해라. 언젠가 반드시 이것을 네 것으로 만들어야 한다.'
단 한 번의 일격으로 거대한 폭포의 방향을 거꾸로 뒤틀어 버리는 괴력난신(怪力亂神)의 술.
죽고 없는 곤귀의 절기 '일척도건곤(一擲賭乾坤)'이 구예림의 손에서 펼쳐졌다.
구예림은 지금껏 스승을 포함한 모든 이들에게 이 무공을 모른다고 했지만, 사실 그것은 거짓이었다.
유년 시절의 공포와 상처를 되새김질하게 만드는 이 무공을 그녀는 영원토록 봉인해 두고 싶었던 것이다.
하지만.
'내가 버티지 않으면 그가 죽는다.'

지금 구예림은 자신의 목숨을 위해서가 아닌, 남의 목숨을 위해서 싸우고 있었다.

서문경 부교관.

그가 도주할 시간을 벌기 위해, 그녀는 영원토록 회피하고 싶었던 유년 시절의 기억을 다시 한번 대면하고 있는 것이다.

……그러나.

구예림의 예상은 반만 들어맞았다.

절정에 이른 고수의 반사신경과 경험.

그것은 무조건 죽을 수밖에 없는 위기의 상황에서도 기적과도 같은 활로를 제시해 낸다.

…화악!

창마는 아래에서 위로 쏘아지는 구예림의 타구봉을 피해 고개를 뒤로 젖혔다.

비록 강력한 내력의 소용돌이에 스쳐 얼굴 가죽 전체가 뜯겨 나가는 부상을 입기는 했지만, 어찌 되었든 간에 그는 살아남았다.

"크학!"

창마는 정신없이 뒤로 물러났다.

풍압에 쓸린 얼굴 가죽이 모조리 벗겨져 나가는 바람에 선홍색 근육결들이 모조리 겉으로 노출되었다.

하지만, 그럼에도 불구하고 창마의 눈알은 희열로 번들거리고 있었다.

"그래…… 바로 그 무공이다. 그 일척도건곤이 내 벽사십일창의 나머지 반절이야. 그것을 하나로 합쳐야 진정한 혼원일기극(混元一氣戟)을 완성할 수 있는 것이다."

창마의 알 수 없는 중얼거림을 듣는 구예림은 참담한 심경으로 고개를 떨궜다.

방금 전, 단전의 바닥까지 긁어모은 내공으로 날린 반격이 수포로 돌아갔다.

내력을 쥐어짠 것에 대한 반동으로 의식마저 희미해지고 있었다.

그리고 그런 그녀의 눈앞으로 창마가 걸어온다.

저벅- 저벅- 저벅- 저벅-

얼굴 가죽이 벗겨진 그가 이제는 구예림의 등가죽을 벗겨가려 하고 있었다.

"크윽……."

구예림은 가물거리는 눈을 들어 주위를 살폈다.

어디 절벽이라도 있다면 몸을 던지겠다.

불구덩이라도 있다면 당장이라도 드러누워 등짝을 지지고 싶었다.

하지만 주변에는 아무것도 없었다.

이대로 창마의 손에 잡혀 목숨도 잃고 무공도 내주어야 하는 운명.

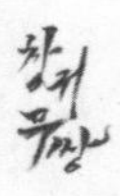

그러한 현실 속에서 구예림은 좌절하고 또 좌절했다.

이윽고, 흐려져 가는 그녀의 눈앞으로 창마의 커다란 손아귀가 다가왔다.

구예림이 막 삶의 의지를 포기하려는 순간.

…턱!

그런 창마의 손목을 붙잡는 다른 손이 있었다.

구예림이 고개를 들었다.

그곳에는 낯익은 등이 보였다.

"……!"

서문경 부교관.

어느새 되돌아온 것일까?

그가 구예림의 앞에 서서 창마의 손길을 막아 내고 있었다.

그 광경을 보는 찰나의 순간, 구예림은 많은 생각을 했다.

그동안 무수히 자신을 도와주었던 사람.

자신이 마지막까지 그토록 살리려 했던 사람.

그리고 이런 상황에서까지 자신의 앞에 서 준 사람.

어쩌면…… 어쩌면 그런 사람과 마지막 순간을 함께하게 된 것은 자신에게 있어 다행이 아닐까?

지금껏 함께 야숙을 하며 척척 길을 찾아왔듯이, 그와 함께하면 낯설고 무서운 저승길도 서로 의지하면서 갈 수 있지 않을까?

평소의 구예림이었다면 절대 하지 않았을 약한 생각들.

어쩌면 그것은 너무나도 확실시되는 죽음 앞이기에 그런 것일지도 모른다.

그렇게 구예림은 서서히 눈을 감았다.

'…….'

자신의 시야를 꽉 채우고 있는 넓은 등을 보면서.

"……."

추이는 쓰러져 있는 구예림의 얼굴을 물끄러미 내려다보았다.

그러는 동안 창마의 손목은 추이의 손에 의하여 단단히 붙잡혀 있었다.

창마 구강호는 생각했다.

'미친놈이로고.'

그가 보기에 추이는 여색에 눈이 멀어 제 죽을 곳도 모르고 날아든 불나방이었다.

창마는 자신의 손목을 붙잡고 있는 추이의 손을 털어 버린 뒤, 그의 가슴팍을 창으로 찔러 죽이려고 했다.

그다음에는 구예림을 잡아 그녀의 등가죽을 조심조심 벗겨 내 사도련으로 돌아갈 생각이었다.

……하지만. 그의 계획은 첫 번째 단계에서부터 무산되었다.

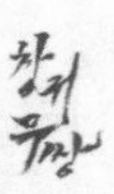

꾸드드드득!

창마는 자신의 손목을 붙잡고 있는 저 작은 손아귀를 떨쳐내지 못했다.

그는 내공까지 동원했지만 손목으로 전해져 오는 악력은 계속해서 강해지고 있었다.

'무슨 놈의 힘이…….'

창마의 얼굴이 일그러졌다.

결국 그는 상당한 양의 내공을 끌어 올린 끝에 추이의 손을 뿌리칠 수 있었다.

…퍼엉!

창마는 뒤로 몇 걸음 물러섰다.

그러고는 창을 역수로 꼬나 쥔 채 자세를 낮게 유지했다.

"너. 찌끄레기가 아니었구나."

눈꺼풀이 사라진 창마의 눈알이 기괴한 움직임을 보이며 추이의 몸을 훑었다.

"내 제자들을 몰살시킨 놈이 너냐?"

추이는 대답하지 않았다.

다만.

…철커덕! …철커덕! …철커덕! …철커덕!

품에서 꺼낸 매화귀창을 긴 창의 형태로 조립했을 뿐이다.

하지만 그것으로도 충분히 대답이 되었다.

창마가 이를 뿌득 갈았다.

"어디 실력 한번 보자."

창마가 다루는 흑색의 미늘창이 앞으로 곧장 움직였다.

쌔애액-

독 오른 독사가 대가리를 뻗듯, 창날이 추이의 목을 향해 찔러들어온다.

추이는 고개를 슬쩍 옆으로 젖히는 것만으로 창마의 일격을 피했다.

그리고 매화귀창을 아래로 꾹 눌렀다가 튕기듯 올려쳤다.

퍼-억!

창마의 창이 위로 튕겨 나가며, 추이의 창날이 창마의 귓불을 한 뭉텅이나 잘라 냈다.

"!?"

창마가 황급히 뒤로 물러나는 순간, 추이가 그 앞으로 바싹 따라붙었다.

"제 형보다 훨씬 못하군."

"……!"

그 말을 들은 창마의 눈알에 시뻘건 핏발이 곤두섰다.

"삼칭황천!?"

"오냐. 그렇다."

추이가 본색을 드러냈다.

…콰콰콰콰콰콰콰콱!

매화귀창이 수십 개의 환영을 그리며 쏘아졌다.

창마는 창날과 창대로 그것들을 연거푸 막아 냈으나 뺨과 목, 가슴과 허리, 허벅지의 살점들을 한 움큼씩 내주고 말았다.

추이는 그런 창마를 향해 무심한 어조로 말했다.

"터무니없이 약해. 네 형은 이 정도로 형편없진 않았다."

"이, 이 새끼! 닥치지 못할까!?"

창마가 분노를 터트린다.

그것은 나이 많은 형제에 대한 아주 본능적이면서도 오래된 열등감이었다.

이윽고, 창마의 벽사십일창(癖邪十日槍)이 봇물 터지듯 쏟아져 나왔다.

퍼퍼퍼퍼퍼퍼퍼퍼퍼퍼펑!

사도련 내에서 무패의 마귀로 군림하던 창마가 직접 창안한 열한 개의 초식.

그것은 어지간한 수준의 절정고수들조차도 식은땀을 흘리며 물러서게 만들 정도로 흉흉한 기세였다.

하지만 그것을 마주하는 추이의 눈빛은 여전히 태연자약했다.

"너는 좀 맞아야겠다."

추이가 매화귀창을 네 마디로 꺾었다.

차라라라라라라락!

각 방위에서 쏟아져 들어오던 창마의 공격이 모조리 벽에 가로막혔다.
동시에, 추이는 창대 마디마디를 연결하고 있는 사슬을 이용해 창마의 미늘창을 휘감았다.
마치 독사 한 마리가 다른 독사의 몸을 휘감아 조이는 듯한 모양새.
화들짝 놀란 창마가 창을 회수하려 하지만 이미 늦었다.
꽈아아아악……
추이는 창마의 창을 잡아당겼다.
전신의 근육이 터질 듯 팽창하며 피부 위로 원시적인 잔물결을 일으킨다.
서로를 압도하기 위한 힘의 시험.
거기서 추이는 합격점을 받았고 창마는 낙제점을 받았다.
퍼-엉!
창마의 창이 허공으로 딸려 올라갔다.
"크윽!?"
창을 빼앗긴 창마는 재빨리 추이를 향해 달려들었다.
그러나 추이는 매화귀창의 사슬에 휘감긴 미늘창을 받아 들고는 그대로 창마를 향해 집어 던졌다.
쉐에에에에엑!
정면을 향해 쏘아지는 투창(投槍).
창마는 달려들다 말고 멈춰 섰다.
그러고는 되돌아오는 자신의 창을 향해 두 손을 뻗었다.

콰악! 와드드드드드드드드득!

소용돌이치는 창은 주인의 손아귀를 모조리 찢어 놓았고 더 나아가 손목뼈에 금이 가게 만든다.

창마는 그 상태 그대로 밀려나 뒤로 한참을 딸려 갔다.

"크-아아아아아악!"

창마는 오른쪽 발을 땅에 무릎까지 박아 넣고서는 버텼다.

그럼에도 불구하고 그는 뒤로 다섯 장을 밀려나야 했다.

쉬이이이이익……

창마의 손아귀가 벌겋게 익었다.

미늘창은 제 주인의 가슴팍을 반 뼘쯤 찌른 상태에서 겨우 멈췄다.

그리고 창마가 후퇴를 멈춘 그 순간, 추이가 또다시 근접전을 걸어왔다.

까-앙!

또다시 창과 창이 뒤엉킨다.

독사처럼 길고 가느다란 몸을 가진 두 개의 병장기는 서로를 휘감으며 또다시 사납게 뒤엉킨다.

누가 먼저 독 오른 이빨을 상대의 몸에 박아 넣느냐.

그것을 결정하기 위한 수십 번의 합이 눈 깜짝할 사이에 오고 갔다.

천 개의 파도가 몰아치는 듯한 격랑 속에서.

뻐-억!

금속이 살을 치는 소리가 울려 퍼졌다.

"끄흑!?"

머리에서 피를 뿜어내고 있는 쪽은 이번에도 역시 창마 구강호였다.

그는 추이가 휘두른 창대 끝에 이마를 얻어맞고는 뒤로 비틀비틀 물러났다.

창마의 눈에는 불신과 경악의 빛이 어른거리고 있었다.

"어찌…… 어찌…… 이런 일이 어찌 가능하다는 말이냐……."

압도.

일방적인 폭력.

추이는 너무나도 태연한 표정으로 창마를 몰아붙이고 있었다.

같은 절정고수라도 그 격차는 이미 태산과 동네 무등산의 수준으로 벌어져 있다.

추이는 창마를 향해 고개를 까닥 저었다.

"너에게는 독이나 암기를 쓸 필요도 없겠구나."

등천학관의 백비를 흡수한 뒤 추이의 경지는 이올의 제칠 층계에 이르러 있었다.

이 정도 수준쯤 되면 절정의 경지에 도달한 지 꽤나 시간이 지난 노강호라고 한들 추이의 상대가 아니다.

실제로 눈앞의 창마 구강호는 예전에 상대했던 곤귀 구강

룡과 비교하여 그리 뒤떨어지지 않는 고수였다.
하지만 어떤가.
지금의 추이는 창마를 한참이나 압도한다.
물론 창마는 그 사실을 인정할 수 없었고 말이다.
"이 새파란 애송이 놈이 감히 어디서 건방을 떨어!?"
창마의 눈이 돌아갔다.
그는 흑색의 미늘창 한 자루를 휘두르며 번개처럼 달려들었다.
마치 검은 호랑이 한 마리가 덮쳐 오는 듯한 모양새.
그 기세는 일전에 등천학관에서 상대했던 백비보다도 훨씬 더 무시무시한 것이었다.
하지만.
"……."
추이는 무표정한 얼굴로 창마의 전투력을 가늠한다.
그리고 이내, 예측한 결과에 변수가 발생할 여지가 없다는 판단이 내려졌다.
까-앙!
창날과 창날이 부딪치며 불똥이 튀었다.
죽음의 춤을 추는 두 명의 무용수.
피비린내 나는 날것의 무도(舞蹈) 사이에서 끊임없이 핏물과 살점의 꽃이 피어난다.
"……! ……! ……!"

창마는 눈조차 제대로 뜰 수 없을 정도로 몰아치는 적의 참격 앞에 정신을 차리지 못하고 있었다.

이렇게 압도적으로, 일방적으로 밀려 본 것이 대체 얼마만인가.

원시적인 폭력, 날것 그대로의 야만.

피식자로 전락해 버린 창마는 이제 호흡조차 눈치 보는 신세가 되었다.

찍어누른다. 찍어누른다. 찍어누른다. 그저 힘으로 찍어누른다.

추이와 창마의 전투는 점점 단순한 양상으로 변해 가고 있었다.

결국.

콰드득! 우-직!

창마는 또다시 추이의 창 꼬리에 허리를 얻어맞았고 그대로 피를 토하며 나가떨어졌다.

콰쾅!

바위 하나를 부수고 처박힌 창마는 흙바닥에 나뒹굴었다.

그의 전신은 이미 피로 흠뻑 젖었기에 마른 흙들이 잔뜩 들러붙어 진흙처럼 변해 가고 있었다.

"빌어먹을 일이로다…… 형은 어디서 저런 괴물을 만났던고?"

창마는 허탈하다는 듯 웃었다.

이윽고.

저벅- 저벅- 저벅-

창마의 앞에 죽음의 그림자가 짙게 드리워진다.

추이가 창을 든 채 창마의 숨통을 조여 오고 있었다.

그때. 창마가 입을 열었다.

"아해야. 네 정체가 무엇이냐."

"……?"

추이가 눈을 가늘게 떴다.

그러자 창마가 입꼬리를 말아 올리며 말을 이었다.

"죽기 전에 나를 죽이는 놈의 정체나 알고 죽으려고 그런다. 삼칭황천? 급시우? 별호도 여러 개인 것 같던데. 진짜 정체가 무어냔 말이야."

그 말에 추이는 잠시 고민했다.

그리고 가장 적절한 대답을 내놓았다.

"창귀."

회귀 전, 마지막으로 불리던 별호였다.

그것을 들은 창마가 헛웃음을 머금었다.

"창마(槍魔)가 창귀(槍鬼)에게 잡혀 죽는구나. 오호 통재라. 창을 다루는 실력은 뛰어났으나 내공이 뒷받침되지 못했으니, 실로 원통하도다."

창마는 자신이 진 이유를 내공의 절대량에서 찾는 듯했다.

하지만.

"내공?"

추이의 눈이 가늘어졌다.

"내공 없이, 순수한 창술로만 겨루면 네가 이길 수 있다는 건가?"

"……?"

추이의 질문을 들은 창마가 의아하다는 듯 고개를 갸웃했다.

"그렇다. 어차피 죽일 거면서 그딴 것은 왜 묻느냐?"

"내공 없이 싸워 줄 수도 있다."

"……? 간교한 거짓으로 나를 농락할 생각이냐?"

"정말이다."

말을 마친 추이는 품속에서 무언가를 꺼내 들었다.

그것은 침과이십사수 전원을 죽이는 과정에서 입수한 독탄이었다.

산공독을 흩뿌리는 폭탄.

홱-

그것이 추이의 손을 떠나 창마의 손아귀 안으로 떨어져 내렸다.

자신의 손에 들어온 독탄을 본 창마의 동공이 흔들린다.

"……정말이냐? 정말로 내공 없이 순수한 창술과 육체의 힘만으로 겨뤄 보자고?"

"그렇다."

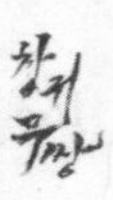

"후흐…… 후흐하하하하……."

창마의 눈에 다시 생기가 돌아왔다.

"정신 나간 놈들만 모여드는 사도련에서 반평생을 살아왔는데, 내 너만큼 미친놈은 딱 한 명 봤다. 사도련주. 그자 하나였어."

그는 바닥에 떨어트린 미늘창을 잡고는 몸을 일으켰다.

몸은 이미 피투성이었지만 한번 꺾였던 기세를 다시 되찾았으니 됐다.

추이는 고개를 까딱 움직였다.

"장소를 옮기지."

쓰러져 있는 구예림을 의식한 발언이었다,

창마 역시도 고개를 끄덕여 추이의 의견에 동의했다.

"도망가진 않겠지?"

"내가 도망가도 너에겐 이득이야."

"하긴. 그도 그렇군."

창마는 비죽 웃으며 독탄을 만지작거렸다.

불을 붙이지 않아도 큰 충격을 주면 폭발하기에 따로 화섭자 같은 것은 필요 없었다.

이윽고. 둘은 자리를 옮겼다.

장소는 숲 건너편에 있는 넓고 우묵한 분지 지대였다.

홱–

창마가 독탄을 허공으로 던졌다.

이제 저것이 떨어져서 산공독 가루가 터져 나오게 되면 전투가 시작된다.

"……."

추이는 허공으로 올라가는 독탄을 보며 생각했다.

'그래…… 바로 그 무공이다. 그 일척도건곤이 내 벽사십일창의 나머지 반절이야. 그것을 하나로 합쳐야 진정한 혼원일기극을 완성할 수 있는 것이다.'

숨어서 구예림과 창마의 전투를 지켜보고 있을 때 들었던 말이다.

이 말의 진위를 확인해 보기 위하여 추이는 다소 귀찮은 과정을 밟고 있는 셈.

'창귀가 되면 인지능력이 떨어지니 복잡한 질의응답이 불가능하지.'

그러니 차라리 살려 놓은 채로 이것저것을 캐내는 편이 낫다.

말로 실토하게 하는 것보다는 차라리 몸으로 직접 부딪치며 알아내는 편이 더욱 빠른 길이기 때문이다.

'어쩌면 곤귀의 창귀와 융합시켜서 더욱 강력한 창귀를 만들어 낼 수 있을지도…….'

만약 곤귀의 일척도건곤법과 창마의 벽사십일창법이 하나로 합쳐져 더욱 강한 상승의 무공이 될 수 있다면, 이를 시험해 보지 않을 이유가 없다.

추이는 그 전에 창마의 창술을 남김없이 보고 듣고 피부로 느껴 볼 생각이었다.

……그리고 또.

사실 독탄이 해 줘야 할 역할은 하나가 더 있었다.

창마의 창을 견식하는 것 따위와는 비교조차 되지 않는 중요한 목적.

다소 불순한 의도.

'…….'

그것을 숨긴 채, 추이는 앞으로 한 발을 내디딘다.

창귀와 창마의 싸움이 조금 기묘한 분위기로 접어들고 있었다.

나락노야(奈落老爺)

흑색의 미늘창.

여덟 자나 되는 무쇠 봉 끝에 세 갈래의 갈고리가 붙어 있는 기형적인 형태의 날.

창마 구강호는 그것을 들어 올렸다.

"……저 멀리 옥문관 너머, 납살의 홍산에는 포달랍궁(布達拉宮)이라는 '해탈자들의 무덤'이 있다."

벗겨진 얼굴 가죽, 훤히 드러난 근육 사이사이의 결에서 핏기가 스멀스멀 올라와 흰자위를 붉게 물들인다.

창마의 목소리가 부글부글 끓는 쇳물처럼 뜨겁고 무겁게 내리깔렸다.

"그곳에는 '납달리(臘達理)'라는 문화가 있지. 무엇인지 아나?"

"내공 없이. 일대일로. 순수한 육체의 힘과 무예만으로 죽을 때까지 겨루는 것."

"잘 아는군. 놀라워. 세외의 문화에도 밝은가."

추이의 대답을 들은 창마는 창을 더더욱 꽉 말아 쥐었다.

"납달리를 하는 것은 참으로 오랜만이야. 피가 끓어오르는구나."

"……."

추이는 창마의 말에 구태여 대답하지 않았다.

창마 구강호는 추이의 행동을 호승심이나 승부사 기질의 발로 정도로 생각하는 듯했지만…… 사실 그것은 크나큰 착각이었다.

왜냐하면 추이의 의도는 식재료를 조금 더 깊게 연구하려는 요리사의 마음가짐 쪽에 더 가까웠기 때문이다.

"자, 모든 것을 보여 봐라."

추이의 말이 끝남과 동시에.

퍼-엉!

지면으로 떨어진 독탄이 폭발했다.

쫘아아아아악-

한 숨을 들이마시는 것만으로도 내공을 모조리 흩어 버리는 산공독 분말이 자욱하게 풀렸다.

그것은 우묵하게 파인 분지 지형을 따라 천천히 흘러 고인

다.

추이와 창마는 커다란 구덩이 속에 갇힌 분말의 안개 속에서 마주하고 있는 형국이 되었다.

…후욱!

창마는 코로 산공독 분말을 깊게 들이마셨다.

따끔따끔한 가루들이 얼굴 근육 사이사이를 파고들어 따끔거렸지만 그런 것은 아무것도 아니었다.

심후하던 내공이 흩어져 바스라진다.

창마는 한 줌의 내공조차 제대로 다룰 수 없는 맨몸뚱이가 되었다.

이제 남은 것이라고는 극한의 극한까지 단련된 육체.

한 점의 수분조차 말라 버린 듯, 선명하게 꿈틀거리는 근육의 물결들이 미늘창에 힘을 실어 준다.

…콰앙!

창마가 창을 내리그었다.

벽사십일창. 오로지 사람을 죽이기 위해서만 고안한 살인술.

그것은 항상 최소한의 힘으로, 최단 거리를 이동해, 최대한 많은 피를 보고자 한다.

……하지만.

"이것이 보여 줄 수 있는 전부라면."

추이는 창마의 창을 모조리 피해 내며 말을 이었다.

"너는 곧 죽는다."
동시에, 추이의 창이 쏘아졌다.
창이란 본디 길고 정형화되어 있는 무기지만, 추이가 쓰는 기형적인 형태의 창은 가동 범위가 채찍만큼이나 넓고 변칙적이다.
창마는 정면으로 들어오는가 싶었다가 어느새 측면으로 파고드는 창날에 대경하여 물러섰다.
추이의 창은 뱀처럼 창마의 뒤를 쫓았다.
"어림없다!"
창마는 추이의 창술이 가진 근본적인 한계를 파악하고 있었다.
추이의 창은 위력적이기는 하나 단순하고 거칠다.
한 번도 싸움을 해보지 못한 장사가 힘을 쓰는 것마냥 서툴고 우직하다.
반면 노회한 강호인인 창마는 창을 신체의 일부를 늘리는 것마냥 자유롭게 다룰 수 있다.
또한 명문 군벌가의 사생아 출신답게, 그는 군부의 고강한 창술을 고루 접한 바 있었다.
'변방의 병졸들이나 썼을 법한 구닥다리 창술, 케케묵은 데다가 투박하기까지 한 저런 말단 창잡이의 재주에 당할 내가 아니다!'
말하자면, 창마의 창은 고위 장교의 창이고 추이의 창은 말단 잡졸의 창이다.

창술로만 따지자면 상대가 되지 않을 것이 뻔했다.

……그러나.

"뭐, 뭐냐 이게!?"

창마의 생각은 또 한번 빗나갔다.

추이는 가장 단순한 초식들만으로 창마의 화려한 초식들을 모두 압도했다.

권리창(圈裏槍), 권외창(圈外槍), 권리저창(圈裏低槍), 권외저창(圈外低槍), 권리고창(圈裏高槍), 권외고창(圈外高槍), 흘창(吃槍), 환창(滉槍).

추이의 창끝에서 팔모의 여덟 동작이 물 흐르듯 자연스럽게 펼쳐진다.

진왕마기(秦王磨旗), 봉점두(鳳點頭), 백사농풍(白蛇弄風), 철소추(鐵掃箒), 발초심사(撥草尋蛇), 마지막으로 일절(一截), 이진(二進), 삼란(三攔), 사전(四纏), 오나(五拏), 육직(六直)의 연계까지.

변식과 연계식을 통틀어 여섯 합에 걸친 동작이 그 뒤를 따랐다.

창마가 창을 신체의 일부처럼 다뤘다면, 추이는 마치 창과 한 몸이 된 것처럼 움직였다.

창신합일(槍身合一).

추이의 움직임은 이미 그 경지에 도달했다.

"……! ……! ……!"

창마는 자신의 심장이 목구멍 밖으로 튀어나오는 게 아닐까 싶을 정도로 놀라야 했다.

파캉!

추이의 창은 나(拏)의 기법으로 창마의 창을 되감아쳤다.

동시에 강하게 내디뎌진 발의 힘을 받아 직선으로 뻗어 나간다.

쩌-억! 와드득!

추이의 창날이 창마의 어깨를 파고들어 빗장뼈를 쪼개 부수었다.

창마는 이해할 수 없다는 듯 두 눈을 부릅떴다.

"어떻게……?"

믿을 수가 없는 일이다.

고강하고 화려한 자신의 초식이 저딴 무지렁이의 투박한 초식에 패하다니.

저따위 단순무식한 공격으로 창신합일의 경지를 이루어 낼 수 있다니.

그것도 저렇게 젊은 나이에.

"으-아아아아아아!"

받아들일 수 없는 현실 앞에 창마는 고함을 내질렀다.

하지만 기세와는 별개로, 추이의 창은 차근차근 창마의 창을 잡아먹으며 공간을 장악해 나가고 있었다.

그제야 창마는 느꼈다.

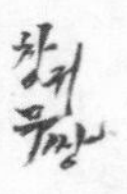

추이의 창은 애송이의 것이 아니었다.

오히려 자신보다도 훨씬 더 노련하고 닳고 닳은 노괴물의 것이다.

"……? ……? ……?"

창마는 창을 놓치는 마지막 순간까지 알지 못했다.

자신을 찍어누르고 있는 투박한 창술, 그것들의 빈틈 사이사이에는 강호에서 수십 년의 세월을 거친 것을 넘어 두 번의 생애를 보내 온 노강호의 관록이 꽉꽉 들어차 있다는 것을.

…퍼퍽! 후두둑- 후두둑- 후두둑-

창날이 스치고 간 손가락들이 바닥에 떨어져 내린다.

창마는 바닥에 떨어진 자신의 창을 내려다보았다.

두 손의 손가락들을 모두 합쳐 세 개.

이것으로는 창을 휘두를 수가 없었다.

"허허허-"

창마는 허탈하다는 듯 웃었다.

추이는 그 앞으로 매화귀창의 날을 들이밀고 있었다.

"더 보여 줄 것은 없나?"

"없다."

"그럼 죽어라."

"미안한 말이지만…… 그렇게는 안 되겠다."

순간, 창마의 표정이 급변했다.

으득!

그는 입안으로 무언가를 우물거리더니 이내 세게 깨물었다.

히죽—

삐뚜름하게 말려 올라가는 창마의 입꼬리에서 핏물이 흘러내린다.

이윽고, 창마가 피범벅이 된 입을 열었다.

"자네 그거 아나? 잘 훈련받은 살수들은 이빨에 파 놓은 구멍 속에 독단(毒團)을 숨겨 놓고 다닌다네. 잡혔을 때는 그것을 깨물어 자결하지."

"……."

"나도 말이야. 이빨에 구멍을 하나 파 놨어. 그리고 그 안에 뭘 좀 넣어 놨지. 물론 그게 독단은 아니고……."

동시에. 창마가 내공을 끌어올리기 시작했다.

분말 형태의 산공독이 흩어지며 창마의 내공이 되돌아오기 시작했다.

"내가 깨문 것은 제독단(制毒團)이야. 산공독의 효과를 누르는."

"……."

"나를 믿고 내공을 봉인했는데, 뒤통수를 쳐서 미안하게 됐네. 하지만 이런 것이 강호 아니겠나?"

창마가 내공을 폭발시켰다.

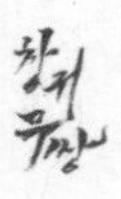

몇 개 남지 않은 그의 손가락에서 탄지공이 쏘아져 나가 추이의 목을 노렸다.

"형의 원수이기는 하나 자네는 진정한 대협이었어. 내가 기억함세. 잘 가게."

창마는 추이를 향해 마지막 말을 남겼다.

……하지만.

"대협?"

추이가 창을 뒤집었다.

동시에.

후-욱!

추이의 몸에서 시뻘건 기운이 폭사되기 시작했다.

"!?"

창마의 두 눈이 찢어질 듯 부릅떠졌다.

"이, 이놈! 내공을 쓸 수 있었더냐!?"

"나는 원래 만독불침이다."

만독불침은 창귀칭의 수많은 부작용들 중 하나다.

추이의 몸속에 들어온 외부물질은 독이든 약이든 간에 모두 소용없게 되는 것이다.

그동안 창마의 재간을 보기 위해 잠시 숨겨 두었던 내공을 끄집어내자 곧바로 창에 강기(剛氣)가 실렸다.

콰지직! 퍼-펑!

창마가 쏘아 보낸 탄지공은 매화귀창의 창대에 부딪쳐 수만 마리의 반딧불이로 산화했다.

“으-아아아아아아!”

창마는 재빨리 허리를 굽혀 바닥에 떨어진 자신의 창을 집어 들었다.

그리고 두 개밖에 남지 않은 손가락으로 그것을 내던졌다.

쇄애애애애액!

창마가 마지막 힘을 쥐어짜 걸어오는 도박수.

그러나.

마침 시기적절하게도, 추이의 귓가에 스물네 개의 목소리가 들려왔다.

[여기서꺼내줘어!]

[스승니이이이이이임!]

[스승님 살려주십시오 제발……]

[괴로워괴로워괴로워괴로워괴로워괴로워……]

침과이십사수.

창마의 제자들이 모두 창귀화가 완료되어 추이의 양 어깨에 힘을 실어 주고 있었다.

이윽고. 창귀와 창마가 벌였던 도박의 결과가 나왔다.

목숨이라는 이름의 판돈을 몰아 쥔 이는 바로 창귀, 추이였다.

핏-

창마의 창은 추이의 뺨과 목덜미를 길게 베어 물고 날아가

뒤쪽에 있는 바위에 처박혔다.

차라라라라라라락! 퍼-억!

사슬 끝에 달린 매화귀창의 날은 채찍처럼 휘어지며 창마의 머리통을 절단해 버렸다.

"……!"

두 눈을 부릅뜬 창마의 머리통 절반이 사선으로 잘려 나가 미끄러졌다.

붉은 선혈과 뇌수가 펑펑 뿜어져 나온다.

풀썩-

창마 구강호의 몸이 완전히 허물어져 내렸다.

사도련 안팎으로 악명을 떨치던 절대 고수의 최후치고는 꽤나 덧없었다.

"별것은 없었군."

추이는 매화귀창을 회수하고는 창마의 시체 앞에 앉았다.

"구강호."

시체에서 검붉은 기운이 피어오른다.

"구강호."

그것은 추이의 손을 중심으로 천천히 회전하며 커다란 와류를 그린다.

"구강호."

이윽고, 검붉은 기운이 추이의 손으로 완전히 빨려 들어왔다.

심상뇌옥 깊숙한 곳에 또 하나의 절정급 창귀가 들어앉았다.

창마 구강호의 넋이었다.

'……이놈을 흡수하려면 시간이 꽤 걸리겠군.'

추이는 눈을 감고는 뇌옥 안을 들여다보았다.

강한 혼백일수록 부리는 데에 시간과 노력이 많이 들어간다.

더군다나 뇌옥 속에는 북궁설, 남궁팽생, 가정맹, 도막생, 백비 등 이미 강력한 창귀 몇몇이 자리 잡고 있는 상태.

이것들의 배치를 피해서 새로운 창귀를 잘 심어 놓으려면 아무래도 조금 더 각별히 신경을 써야 할 것 같았다.

한편, 뇌옥 안에서는 추이가 예상치 못했던 일이 벌어지고 있다.

[오-오오오오오오오오!]

[크으윽- 끄으으…… 형…… 님……?]

완전히 창귀로 변해 버린 곤귀 구강룡과 아직 살아생전의 기억이 일부나마 남아 있는 창마 구강호가 서로를 향해 반응하고 있는 것이다.

'구강호가 완전히 창귀화 되면 둘을 섞어서 써 봐야겠군. 예상치 못한 상승 작용이 벌어질 수 있으니.'

예전에도 그랬다.

살아생전 특별한 관계에 있었던 창귀들을 흡수하게 되면

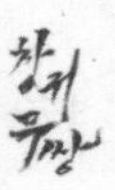

일(一)과 일(一)이 더해져 이(二)가 나오는 것이 아니라 삼(三), 오(五), 십(十)이 나오는 경우도 있었다.

물론 꼭 긍정적인 작용만 일어나는 것은 아니고, 때로는 합치기 전보다 못한 것을 넘어서 끔찍하기까지 한 결과가 나오는 경우도 있었기에 무조건적인 기대는 금물이었다.

"……."

추이는 창마의 시체에서 시선을 뗐다.

초토화된 구덩이 너머, 어둠에 잠긴 숲이 눈에 들어온다.

휘이이이이잉……

바람이 불어 산공독 분진을 밀어낸다.

그것은 어두운 숲속으로 서서히 퍼져 갔다.

그러자.

바스락-

덤불 너머에서 인기척이 들려왔다.

쿠-오오오오오오……

시커먼 어둠이 잔에서 흘러넘치듯 범람하여 산공독 가루들을 쓸어 가고 있었다.

"흠."

추이는 순식간에 무력화되는 산공독 안개를 보며 턱을 쓸었다.

기껏 깔아 놓았던 함정 하나가 이렇게 무력하게 소멸했다.

애시당초, 추이는 창마의 밑천을 터는 것 외에 또 다른 목적이 있어서 독탄을 터트린 것이었다.

"끌끌끌…… 이 가루들은 뭔고? 나를 의식했던 것이냐?"

어둠 너머에서 흘러나오는 저 목소리의 주인을 견제하기 위함이다.

이윽고.

숲의 어둠 너머에서 누군가가 홀연히 걸어 나오기 시작했다.

풀잎 위로 미끄러지는 듯한 발걸음.

마치 산보라도 하는 듯 여상한 태도.

모습을 드러낸 이는 한 명의 노인이었다.

마치 어느 촌락에 가도 한 명쯤은 있을 것 같은 초로의 촌부(村夫).

……하지만 추이는 알고 있었다.

"처음 뵙겠소. 나락노야(奈落老爺)."

저 노인은 방금 전까지 상대했던 창마 따위와는 감히 비교조차 할 수 없을 정도로 위험한 존재라는 것을.

어둠 속에 홀연히 등장한 유령.

느릿한 걸음걸이로 걸어오는 흰옷의 촌부.

눈의 흑백이 뒤바뀌어 있다는 것을 제외한다면 어디서나 볼 수 있을 정도로 평범하게 보인다.

다만, 그가 밟고 걸어오는 갈댓잎들은 조금도 굽어지지 않

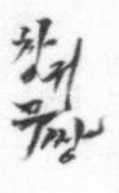

은 채 여전히 그 자리에 빳빳하게 서 있었다.

이 단 한 명의 관객을 추이는 인지하고 있었고 창마는 죽는 그 순간까지 몰랐다.

ㅊㅊㅊㅊㅊㅊㅊㅊ……

노인의 검은 머리카락에서 뻗어 나온 어둠이 산공독 분말들을 모조리 잠식해 버렸다.

추이는 그 모습을 보며 고개를 까닥 움직였다.

"산공독이 잘 안 듣나?"

"웬걸. 이 늙은이도 천독불침 정도는 된다네."

노인은 히죽 웃어 보였다.

닳아서 없어진 입술 안에는 이빨이 하나도 없었고 온통 텅 빈 어둠뿐이었다.

안에서 꿈틀거리는 혓바닥은 완전한 흑색이어서 마치 독사 한 마리를 입안에 품고 있는 것 같았다.

저렇게 위험한 분위기를 풍기는 자는 현 무림에 딱 한 명뿐이다.

나락곡의 곡주(谷主) '나락노야'.

흑야차였던 시귀 북궁설의 위에 존재하는 유일한 자.

ㅅㅅㅅㅅㅅㅅㅅ……

실제로 그가 내뿜고 있는 스산한 기운을 접한 북궁설의 창귀는 추이의 단전 속에서도 덜덜 떨고 있었다.

노야가 내뿜는 죽음의 기운은 생과 사의 깊은 골을 건너

명계에까지 영향을 미치고 있는 것이다.

한편, 노야는 느른한 어조로 말했다.

"고간거륜 노애라는 아해가 그렇게 절륜하다기에 한번 보려고 왔다가, 이거 졸지에 재미있는 구경을 했구만. 크기만 한 사내놈 양물보다 훨씬 더 좋은 볼거리야."

그의 손에는 커다란 고깃덩어리 하나가 들려 있었다.

아마도 관아로 압송되던 노애를 이미 만나 보고 온 모양이다.

"해구신보다는 좀 나으려나?"

이윽고.

꿀-꺽!

노야는 손에 든 고깃덩어리를 그대로 입속에 넣고는 후루룩 빨아서 삼켜 버렸다.

그러고는 태연한 표정으로 입맛을 쩝쩝 다셨다.

"이렇게 몸보신이라도 좀 해야 젊은이랑 어울려 놀 수 있지 않겠누. 홀홀홀……."

노야는 재미있어 죽겠다는 듯한 표정으로 추이를 바라보고 있었다.

한편, 추이는 담담한 표정으로 자세를 낮추었다.

"……."

눈앞에 있는 나락노야는 예전에 한 번 대면한 적 있었던 검왕(劍王) 남궁천에 필적하는 고수다.

물론 살수들의 무공은 동급의 명성을 가진 이들에 비해 반 수 정도 처진다고는 하나, 그래도 추이와 비하면 아득한 경지에 도달해 있는 강자인 것만은 분명하다.

게다가.

"아해야. 네가 삼칭황천이 맞느냐? 그 사도련주를 보기 좋게 엿먹였다던? 으응?"

검왕 남궁천은 추이에게 다섯 초식을 양보했었던 것에 반해, 나락노야에게는 그런 것을 일절 기대할 수 없었다.

퍼–엉!

추이가 먼저 찔러 들어갔다.

매화귀창이 검붉은 호를 그리며 노야의 얼굴을 향해 떨어져 내렸다.

하지만.

"홀홀홀홀……."

노야는 굳이 추이의 공격을 상대하지 않았다.

다만 유령과도 같은 움직임으로 몸을 뒤로 물려 거리를 벌릴 뿐이다.

파팡! 팡! 후두두두두둑……

추이의 창이 지나가고 난 뒤, 파공성이 한 발 뒤늦게 울려 퍼졌다.

엇각으로 잘려 나간 잎사귀들과 돌조각들이 허공에 나부낀다.

추이가 곧바로 노야의 뒤를 쫓았다.

노야는 순식간에 좁아지는 거리를 보며 흑백이 뒤바뀐 사백안(四白眼), 아니 사흑안(四黑眼)을 동그랗게 떴다.

"햇병아리치고는 날갯짓이 꽤 빨라. 누가 가르쳤는고?"

"알 것 없다."

추이는 창을 오른쪽 위에서 왼쪽 아래로 내리그었다.

쩌-억!

연달아 서 있던 나무와 바위 들이 동시에 잘려 나간다.

"좋구나. 달밤의 체조라."

하지만 그럼에도 나락노야의 표정은 여전히 싱글벙글이었다.

"늙어서 뒷방 퇴물이 되느니 이렇게 산보라도 해야지."

"……!"

순간. 노야의 말을 들은 추이의 귀에 날카로운 이명이 울려 퍼졌다.

'늙어서 뒷방 퇴물이 되느니 이렇게 산보라도 해야지.'

추이가 직접 들어 본 적 없는 노야의 대사가 귓바퀴를 타고 몇 번이나 메아리친다.

'이것은 필시 호예양의 기억일 터.'

추이는 회귀하기 전 호예양에게 들었던 내용과 나락곡의 적야차 시절의 기억을 종합하여 나락노야에 대한 정보들을 재구성하고 있었다.

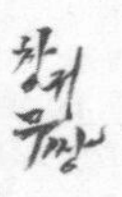

왜 호예양이 들었던 목소리가 자신의 귀에 환청처럼 들려오는지는 모르겠지만, 추이는 그것을 '기 얽힘' 현상의 일부라고 판단했다.

절대고수들이 만들어 내는 인과율의 어긋남이나 시공간의 오류는 아랫것들이 감히 그 원리를 짐작하기 어려운 것이다.

축지법(縮地法), 연단술(金丹道), 반로환동(返老還童), 우화등선(羽化登仙) 등…… 당장 창귀칭이라는 무공의 개념만 해도 그렇지 않은가.

…퍼퍼퍼퍼펑!

추이의 창이 허공을 연거푸 못질했다.

대기가 몇 겹으로 밀려서 겹치는가 싶더니 이내 구멍이 뻥뻥 뚫린다.

그러나 노야는 계속해서 홀홀 웃으며 추이의 창을 피해 냈다.

"그 나이에 벌써 창신합일의 경지에 올랐구나. 신묘한 일이야. 무림사에 다시없을 일이다. 아해야, 너 이 늙은이 밑에서 살수 한번 해 보지 않으련? 노부가 직접 키워 주마."

"……."

추이는 별다른 말 없이 창을 돌렸다.

그리고.

푸-확!

품에서 꺼낸 송곳 한 자루가 노야의 가슴팍을 스쳤다.

노야는 잘려 나간 옷깃을 보며 시커먼 입을 쩍 벌렸다.

"세상에. 이런 인연이 다 있나. 쓰는 살수(殺手)도 어쩜 이리 우리 아이들이랑 꼭 닮았는지. 혹시 어렸을 적에 본곡의 청야차로 있었느냐? 적야차였으면 내가 알아봤을 것이고."

"북궁설을 죽이고 빼앗았을 것이라는 생각은 못 하나?"

"북궁설? 그 아이를 죽인 것이 너였더냐? 오호라…… 이거 더더욱 욕심이 생기누나."

노야가 입속에서 긴 혀를 내밀어 입맛을 다신다.

검푸른 빛깔로 통통하게 살찐 혓바닥은 마치 거머리와도 같이 기이한 생김새를 하고 있었다.

퍼ㅡ엉!

추이의 창이 또다시 쏘아졌다.

이번에는 검붉은 강기가 실려 있는, 간보기가 아닌 제대로 된 일격이었다.

그러자 노야도 빙글빙글 웃는 낯으로 손바닥을 들었다.

"이 늙은이도 젊었을 적에는 나름대로 한가락 했단다. 지금은 위력이 반이나 나올까 모르겠다만……."

동시에.

쿠ㅡ르르르르르르르르르륵!

노야의 손바닥 주위로 강력한 흑류가 휘몰아치기 시작했다.

내력이 회전하며 모든 것을 찢어발긴다.

심지어 노야의 팔뚝살마저도 쭈글쭈글 뒤틀릴 정도의 전향력(轉向力).

"나찰장(羅刹掌)이라는 초식인데, 형편없다고 눈살 찌푸리지는 말거라. 홀홀홀……."

이윽고, 노야의 손바닥이 정면을 향해 뻗어 나갔다.

그것은 그대로 추이의 창끝과 격돌한다.

콰-쾅!

사람의 손바닥과 무쇠로 된 창이 격돌했는데 마치 폭약이 터지는 소리가 들려왔다.

콰콰콰콰콰콰콰콱!

추이는 창을 쥔 손바닥 가죽부터 시작하여 팔뚝 가죽, 어깨 가죽, 목 가죽, 얼굴 가죽, 두피 가죽 등, 상반신의 모든 가죽들이 소용돌이의 방향으로 뒤틀리는 것을 느꼈다.

뿌지지지직! 후두둑- 후두둑- 후둑-

뒤틀림을 이기지 못한 가죽들이 여기저기 터지고 찢어지며 선혈이 흩뿌려진다.

추이는 상반신을 뒤로 빼는 즉시 전신에서 터져 나온 핏물들을 발로 걷어차 노야에게로 날려 보냈다.

그러나.

"피에 독이라도 들었느냐? 영악하군."

노야는 웃는 낯으로 몸을 틀어 추이의 피를 피해 냈다.

추이는 계속해서 핏물을 날려 보냈다.

노야는 허공으로 흩뿌려지는 추이의 피 한 방울을 혀끝으로 핥으며 말했다.

"으음…… 끔찍하게도 맵군. 내공도 어느 정도 말려 버리는 것 같고. 아주 신기한 독이야. 아해야, 누가 너를 이런 독인(毒人)으로 만들었느냐? 이런 게 가능한 자는 독왕(毒王) 당결하…… 그 괴물 같은 늙은이뿐일 텐데."

추이는 구태여 노야의 의문을 풀어 주지 않았다.

다만.

푸화-악!

구덩이 한쪽으로 몰린 노야가 더 이상 피할 수 없게, 입에서 대량의 피분수를 뿜어냈을 뿐이다.

"오호-"

노야는 자신의 눈앞으로 끼얹어지는 피분수를 보며 고개를 끄덕였다.

바로 그 순간.

후-욱!

노야의 머리카락이 허공으로 뻗어 나왔다.

그것은 마치 강물에 떨어진 먹물처럼 대기 중으로 번졌고 놀라운 속도로 추이의 피를 집어삼켰다.

"!?"

드물게도, 추이의 두 눈이 크게 벌어졌다.

…쩌억!

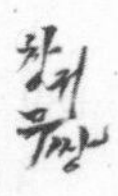

돌아서 있는 노야의 뒤통수에 긴 세로금이 가는가 싶더니 이내 커다란 입 하나가 벌어졌다.

흑빛이 도는 두꺼운 입술 안으로는 시커먼 이빨들이 삐죽삐죽 튀어나와 있고 길고 커다란 혀까지 꿈틀거리는 진짜 '입'이었다.

촤라라라락!

노야의 뒤통수에서 뻗어 나온 검은 혀가 추이의 핏물을 남김없이 핥아먹는다.

"놀랐느냐?"

노야가 뒤통수에 돋아난 입과 이빨, 혓바닥을 슬슬 쓰다듬으며 웃었다.

"이게 말이야. 뭐라고 해야 하나, 사람 몸에서 공생(共生)하는 이끼 같은 건데. 나락곡 본산의 골짜기 최심층부에서만 서식하거든."

검은 혀는 땅을 더듬어 가던 끝에 추이가 던진 두 자루의 송곳을 휘감았다.

ㅊㅊㅊㅊㅊㅊㅊㅊㅊ……

놀랍게도, 검은 혀에 닿은 송곳들은 눈 깜짝할 사이에 녹에 뒤덮이더니 이내 갈색의 가루로 변해 부스러져 내렸다.

노야가 웃었다.

"어떤 금속이든 녹슬게 할 뿐만 아니라 웬만한 유기물쯤은 흔적도 없이 분해해 버린단다. 나는 이것을 '나락설태'라고 부르지.”

나락설태(奈落舌苔).

요컨대, 나락의 혓바닥에 돋아난 이끼라는 뜻이다.

‘……저것을 여기서 보게 될 줄이야.’

추이는 속으로 생각했다.

나락곡의 적야차로 있던 시절, ‘나락의 혓바닥’이라 불리는 나락곡 본산 최심층부에 대한 전설을 들은 적이 있다.

그곳에는 신묘한 힘을 가진 생물들이 다수 서식하는데 그중 이끼인지 버섯인지 모를 무언가를 곡주가 각별히 아낀다고 했었다.

‘유기물을 분해하고 금속을 녹슬게 하는’ 기물.

그것이 바로 저 나락설태인 것이다.

ㅊㅊㅊㅊㅊ……

노야가 또다시 머리카락을 흔든다.

머리카락 사이로 뻗어 나온 검은 혓바닥이 추이의 창을 휘감으려 했다.

추이는 재빨리 창에 내공을 불어 넣어 나락설태와 직접적으로 접촉하는 것을 피했다.

하지만 창에 신경 쓰고 있느라 주변을 제대로 살피지 못했다.

노야가 어느새 추이의 가슴팍 바로 앞까지 파고들어 버린 것이다.

"손바닥을 그냥 휘두르면 나찰장(羅刹掌)인데……."

노야의 양쪽 입꼬리가 음침하게 비틀린다.

"이 나락설태를 손에 감아서 쓰면 말이야. 전혀 다른 무공이 된단다."

동시에, 노야의 손바닥에서 또다시 시커먼 기류가 회전했다.

검은 혓바닥 모양으로 뽑혀 나온 나락설태가 나찰장의 기류에 섞여 더더욱 기괴하게 휘몰아친다.

"이렇게, 흑수나찰장(黑穗羅刹掌)이 되지."

노야의 손바닥이 작렬했다.

콰—콰콰쾅!

추이는 모골이 쭈뼛 송연해지는 감각과 함께 고개를 뒤로 젖혔다.

코끝을 스치며 쏘아져 나간 시커먼 기류는 뒤쪽의 풍경을 통째로 뒤바꾸어 놓았다.

언덕배기 위에 있었던 동산이 흔적도 없이 사라졌다.

그 너머에 있던 숲들이 모두 어둠에 쥐파먹힌다.

파사사사사사삭……

무시무시한 기세로 퍼져 나가는 어둠의 파편 파편들.

지독한 깜부기들이 일대의 모든 식물들을 말려 죽이고 있었다.

허공에 나부끼는 시커먼 검불들의 너머로 나락노야가 말했다.

"아해야. 내 몸에 상처 한 오라기라도 남길 수 있다면 네가 이긴 것으로 해 주마."

"……."

"대신 그러지 못한다면, 너는 내 밑에서 삼십 년간 살수로 일해야 한다."

"……."

추이는 입을 다물었다.

눈앞의 나락노야는 예전에 상대했던 남궁천과는 아예 다르다.

남궁천은 노회한 노강호이기는 하나 명색이 정도의 대협이기에 한 번 뱉은 말은 지킨다.

또한 주변에 보고 있는 사람도 많았기 때문에 추이는 그와 만나고도 살아남을 수 있었다.

하지만 나락노야는 살수다.

주변에는 보고 있는 사람도 없다.

나락노야가 자신의 패배를 인정할 이유도, 추이를 놔줄 이유도 없는 것이다.

……하지만 그와는 별개로.

후욱!

추이는 심상뇌옥에 가둬 놓은 모든 창귀들을 해방시켰다.

상대는 초절정고수.

절정의 벽을 넘어선 초인(超人)이다.

무림사에 자신의 이름을 굵게 남길 수 있을 정도의 존재를 눈앞에 두고 힘을 아끼는 것은 의미가 없다.

'위험하지만 달리 방법이 없다.'

지금 추이가 하려고 하는 것은 예전 장강수로채의 인백정이 했던 짓과 비슷했다.

아직 숙성되지 않은 창귀들까지 모조리 끌어모아서 운용하려는 위험한 전략.

하지만 별다른 수가 없었다.

추이는 방금 전에 흡수한 창마 구강호의 창귀까지도 무리하게 끌어모아 운용했다.

…꽈드드드드드드득!

곤귀 구강룡의 창귀와 창마 구강호의 창귀가 기괴한 형상으로 뒤섞여 추이의 몸에 덧씌워진다.

마치 강림체에 의해 빙의 당한 듯 보이는 그 외형에 나락노야가 탄성을 뱉었다.

"오호- 뭔가 내공이 확 늘었구나. 그런데 그게 끝이냐?"

"……."

"그게 끝이라면 아해야, 너는 곧 죽는다."

추이는 얼마 전에 창마에게 했던 말을 나락노야에게서 돌려받고 있었다.

하지만. 추이는 창마와 같은 대답을 하지 않았다.

"걱정 마라. 보여 줄 것들이 더 있으니까."

추이의 눈이 시뻘겋게 변했다.

몸에서 뿜어져 나오는 혈증기(血蒸氣)가 아까보다도 더욱 더 짙어졌다.

'쓸 수 있는 것은 다 쓴다.'

추이는 심상세계 속의 거대한 계단과 관문을 마주했다.

이올의 제칠 층계. 현재 추이가 딛고 있는 곳이다.

그리고 저 앞에는 세 개의 커다란 관문이 보인다.

그 너머에 있는 것은 벽.

무슨 수를 쓰더라도 결코 넘어갈 수 없는 거대한 벽이 드리워져 있었다.

그 벽은 '이올(彝兀)'의 단계를 넘어 '육혼(鬻渾)'의 경지로 가는 관문이었다.

추이는 오래전, 홍공이 했던 말을 떠올렸다.

'굴각과 이올을 대성하게 된다면 다음 단계는 '육혼'의 경지이다. 나는 이 단계에 한쪽 발을 디뎌 놓는 것만으로도 천하를 오시했으며 네 개의 층계를 오른 뒤에는 정, 사, 마의 모든 것들을 하찮게 여길 수 있었다.'

이올의 제십 층계를 넘어 육혼의 경지에 도달하게 되면 쓸

수 있는 이능력이 있다.

'악신의 전능(全能)'이라고도 부를 수 있을 법한 그 특별한 능력을, 추이는 지금 단계에서 미리 끌어다 쓰려고 하고 있었다.

'……이올의 제칠 층계에서 미리 끌어다 쓰는 육혼의 능력. 이로 인해 몸에 어떤 종류의 과부하가 올지는 미지수다.'

추이는 창마의 창귀를 쥐어짜 내공을 흡수했다.

[끄—오오오오오오오오오오!]

창마 구강호가 흘린 피눈물은 고스란히 추이의 양분이 된다.

…후우우욱!

몸에서 뿜어져 나오는 피 안개의 양이 더더욱 늘어났다.

이제 이 일대의 기후는 금방이라도 피가 뚝뚝 떨어질 듯 붉고 습하게 변해 버렸다.

단숨에 도달해 버린 이올(彝兀)의 제팔 층계.

추이는 불완전한 상태로나마 경지의 상승을 이루었고, 그것도 모자라 더더욱 상위 단계에 있는 육혼의 능력을 해금하고자 한다.

한편, 그것을 본 노야는 여전히 흥미롭다는 듯 미소 짓고 있었다.

"아해야. 아까부터 자꾸 내공만 부풀어 오르는 것 같은데, 그것이 정녕 내 몸에 상처 한 오라기를 만들어 낼 비장의 수이냐? 덩치만 커진 애 같아서 영…….”

“상처 한 오라기가 아니라.”

추이가 노야의 말을 끊었다.

동시에, 검붉은 강기(剛氣)가 넘실거리는 매화귀창이 고개를 들어 노야의 목을 겨눈다.

“적어도 네 팔 하나는 끊어 놓을 것이다.”

동시에.

핏-

시뻘건 섬광이 지면 위에 수평으로 그어졌다.

“……!”

나락노야의 표정이 처음으로 딱딱하게 굳어지는 순간이었다.

추이와 매화귀창이 하나가 된 듯 움직인다.

핏-

시뻘건 섬광이 지면 위에 수평으로 그어졌다.

“……!”

나락노야의 표정이 급변했다.

쿠르르륵!

노야의 손이 검게 물들며 사나운 와류를 일으킨다.

나락곡주의 절기 나찰장과 추이의 창이 한 곳에서 맞붙었다.

…콰지지지지직!

나찰장의 회전기류가 찢어지며 창날이 노야의 손바닥에 옅은 핏자국을 남겨 놓았다.

추이의 창이 휘둘러지는 궤도를 본 노야가 놀랍다는 듯 외쳤다.

"제왕검형(帝王劍形)! 남궁세가의 절기가 어찌 여기에……?"

제왕검형.

그것은 남궁세가의 직계혈족들에게만 전수된다는 정도무림 최강의 검법들 중 하나다.

한번 펼쳐졌다 하면 무조건 상대의 피를 봐야만 멈추는, 실로 흉폭하면서도 파괴적인 검초.

천하의 나락노야라고 해도 이 검술 앞에서는 방심할 수가 없는 것이다.

하지만.

남궁세가에서도 원로급 이상의 최고위 직계들만이 전승받을 수 있다는 이 검술을 어찌 추이가 시전할 수 있다는 말인가?

노야는 그것이 의문이었다.

"남궁세가의 아해였느냐? 아니야. 너는 남궁가도 아니고 배분도 그리 높지 않아 보인다. 그리고 설사 남궁의 씨라고 해도, 제왕검형은 애초에 네 연배에서는 익힐 수가 없는 것이지. 대체 어찌 된……?"

노야는 추이를 향해 물었으나, 대답을 듣기는커녕 질문을 끝까지 마칠 수도 없었다.

키리리리릭-!

추이의 창이 휘둘러지는 도중에 궤도를 바꾸었기 때문이다.

노야는 허공으로 펼쳐지는 제왕검형의 초식들을 피해 뒤로 물러나 대비책을 강구했지만, 그 대비책이라는 것이 세워졌을 때에는 이미 전세가 뒤바뀐 뒤였다.

퍼퍼퍼퍼퍼펑!

추이의 창은 어마어마한 힘과 빠르기로 휘둘러졌다.

창끝에서는 마치 산을 뚫고 바다를 갈라 버릴 듯한 패기가 뿜어져 나오고 있었다.

물론, 노야는 이 무공 초식을 한눈에 알아보았다.

"거력패왕도법(巨力霸王刀法)! 저건 패도회의 무공이 아닌가?"

말 그대로다.

콰콰콰콰콰콰쾅!

패도적인 기운이 주변의 흙바닥을 사정없이 찢어 놓는다.

패도회의 거력패왕도법은 전신에서 뿜어져 나오는 기세들을 모조리 칼로 치환해 버리는 상승무공으로 사파에서도 꽤나 이름이 높았다.

노야는 바로 지척에서 터져 나오는 강맹한 강기에 침음을 삼키며 물러났다.

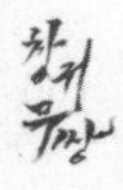

마치 코앞에서 폭탄이 폭발한 듯한 느낌이었다.

"아해야. 너는 어찌 남궁가의 무공과 패도회의 무공을 동시에 익히고 있느냐? 그 둘은 도무지 섞이기가 힘든 것이거늘……."

노야가 또다시 나찰장을 준비한다.

검게 물든 소용돌이가 노야의 손바닥에 휘감긴 채 추이를 향해 날아들었다.

콰콰콰콰콰콰콰콰!

바로 그 순간.

추이가 창을 쥐고 있던 오른손을 앞으로 뻗었다.

동시에, 추이의 오른손 손바닥을 중심으로 맹렬한 소용돌이가 휘몰아치기 시작했다.

쩌저저저저저저적!

눈처럼 하얗게 물들어 가는 추이의 손바닥.

그것은 노야의 검은 손바닥과 맞부딪치며 허공에 수없이 많은 균열들을 만들어 놓았다.

쩌-억!

흑(黑)과 백(白). 산산조각으로 부서지는 지면과 대기.

노야는 제왕검형에 당했던 손바닥의 상처가 더더욱 벌어지는 것을 느끼고는 혀를 한번 찼다.

"쯧, 이번에는 소수마공(素手魔功)인가."

말해 무엇하랴?

한때 세외에서 올라와 중원 강호를 피로 잠기게 만들었던 저 마공의 흉험함을.

하지만 저 먼 북방의 동토에나 유배되어 있을 북궁혈족의 마공이 왜 뜬금없이 여기에서 재현된다는 말인가?

노야가 얼떨떨하다는 듯한 표정을 짓고 있는 사이.

…쿠르르르르륵!

추이가 다음 공격을 준비한다.

남궁세가의 제왕검형, 패도회의 거력패왕도, 북궁씨의 소수마공.

그 다음을 잇는 네 번째 무공이 새롭게 모습을 드러냈다.

콰―콰!

창에 몸무게를 실은 채 지면을 박차며 달려드는 일격기.

전신을 칼로 삼아 펼치는 거합(居合)의 술.

노야는 이번 공격의 정체도 읽어냈다.

“사자박토보(獅子搏兔步). 이건 장강수로채의 전대 채주, 거정(巨丁)의 무공이로군?”

아무런 기반도 없던 낭인(浪人) 공제환은 이 무공 하나만으로 장강의 수적들 전부를 휘어잡아 발아래 두었었다.

나락노야 역시도 젊었을 시절의 공제환이 보여 주었던 신위들을 똑똑히 기억하고 있었다.

“홀홀홀…… 이거 표정을 관리하는 것도 슬슬 지치는구나. 아해야, 너는 대체 무어냐?”

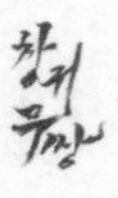

노야는 양쪽 손에 나락설태를 휘감는 동시에 나찰장을 시전했다.

쌍수(雙手)-흑수나찰장.

노야가 두 개의 검은 기류를 만들어 추이의 전진을 저지했다.

바로 그 순간.

핏-

추이의 매회귀창이 붉게 물들었다.

동시에, 추이의 몸이 마치 검무를 추는 듯 움직이기 시작했다.

검은 회오리의 회전 방향을 따라 수없이 많은 매화꽃잎들이 흐드러진다.

노야가 표정을 확 구겼다.

"이건 또 뭐야? 화산의 말코 놈들 칼놀이냐? 이 빌어먹을 꽃 냄새라니……!"

이십사수매화검법(二十四手梅花劍法).

절정에 이른 쾌검술이 허공에 여섯 떨기나 되는 매화를 드리우고 있었다.

콰지지지지직!

노야는 시커멓게 변한 손바닥을 옆으로 틀었다.

그러고는 휘날리는 꽃잎 한 장 한 장들을 모두 찢어발겨 버렸다.

"대체 뭔고? 어떻게 이렇게 많은 절기들을 한 몸에 익히고 있는 것이야? 그것은 불가능하다. 원래는 안 되는 것이란 말이지. 한데 그런 것을 어떻게 되게끔 했누?"

산전수전 다 겪어 본 나락노야의 상식 선에서도 추이가 선보이는 기행은 설명이 어려웠다.

하지만 추이는 구태여 나락노야의 의문을 해소해 주지 않았다.

"……."

다만, 아까부터 치밀어 오르고 있는 토혈과 과부하를 억누를 뿐이다.

쿠-오오오오오오오!

몸 곳곳에서 창귀들이 날뛴다.

추이는 이올의 너머에 존재하는 육혼의 단계를 떠올렸다.

이올의 제팔 층계에서 구 층계를 지나 십 층계를 건너는 것은…… 어쩌면 일평생이 걸릴 수도 있는 멀고 험난한 여정이다.

그리고 이올의 제십 층계에서 육혼의 경지로 넘어가는 것은 그것과는 전혀 다른 문제의 개념이었다.

'굴각과 이올을 대성하게 된다면 다음 단계는 '육혼'의 경지이다. 나는 이 단계에 한쪽 발을 디뎌 놓는 것만으로도 천하를 오시했으며 네 개의 층계를 오른 뒤에는 정, 사, 마의 모든 것들을 하찮게 여길 수 있었다.'

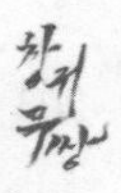

홍공이 이런 말을 했던 이유가 있다.

육혼(鬻渾). 그것은 무엇인가?

단순히 이올의 경지 다음이라고 치부하기에는 이 지경(地境)의 오묘함이 너무나도 남다르다.

이올의 단계에서는 한 계단을 상승할 때마다 내공이 심후해지고 내공을 다루는 것이 수월해졌다.

말하자면 육체의 힘을 단련하여 들 수 있는 무게를 늘리거나, 움직이는 속도를 빠르게 만드는 식이다.

……하지만 육혼의 경지는 전혀 다르다.

육혼의 경지에서부터는 정신력이나 상상력, 마음의 힘 등 추상적이고 형이상학적인 개념을 주로 다루며 이로 인해 주어지는 특전 역시도 현실보다는 비현실 쪽에 가까운 이능력들이다.

가령, 육혼의 제일 층계에서 얻을 수 있는 능력은 다음과 같았다.

'……창귀들이 살아생전에 펼치던 절기들을 훔쳐다 쓰는 것.'

바로 그 능력을 추이는 지금, 미리 끌어다 쓰고 있는 것이었다.

남궁팽생의 창귀에서 뽑아낸 제왕검형.

도막생의 창귀에서 뽑아낸 거력패왕도.

북궁설의 창귀에서 뽑아낸 소수마공.

가정맹의 창귀에서 뽑아낸 사자박토보.

백비의 창귀에서 뽑아낸 이십사수매화검법.

수많은 절정급 창귀들이 살아생전 즐겨 사용하던 절기들.

하나만 익혀도 능히 강호무림을 독보할 수 있는 상승무공들이다.

……그러나.

이 모든 것들은 육혼의 경지에 접어들어야지만 무리 없이 쓸 수 있는 능력들이었다.

지금 추이는 이올의 제팔 층계, 아니 제칠 층계 수준에 머물러 있었다.

팔 층계로 올라온 것도 완전히 복속시키지 못한 창마 구강호의 창귀를 강제로 끌어다 썼기에 가능했던 일.

말하자면, 알에서 갓 부화한 새가 자신의 날개 힘으로는 날 수 없으니 절벽에서 몸을 던져 바람을 타고 억지로 나는 느낌에 가까웠다.

'이 상태는 절대로 길게 유지할 수가 없다. 과부하로 죽기 전에 승부를 내야…….'

추이는 창을 쥔 손에 더더욱 힘을 주었다.

…우드득! …뿌드드득!

실핏줄들이 터지고 근육들이 결대로 찢어지는 소리.

칠공분혈(七空噴血)은 곧 주화입마의 전조이다.

하지만 그것을 알면서도 추이는 계속해서 밀어붙였다.

힘을 끌어올리는 동시에 힘을 내리누른다.

그 모순적인 행위가 추이의 몸속에서 계속해서 반복된다.

"……귀찮은 놈이로고."

나락노야의 표정은 이제 흉측하게 일그러져 있었다.

흑백이 뒤바뀐 안구가 튀어나올 듯 돌출되었고 얼굴 곳곳에는 시커먼 핏줄이 돋아났다.

"더는 예쁘게 봐줄 수가 없구나. 죽어라."

노야의 쌍수에서 시커먼 회오리가 몰아쳤다.

나락설태가 섞인 나찰장의 기운에 나락노야의 심후한 내공이 더해진, 새로운 종류의 기공술.

쌍흑수나찰벽력장(雙黑穗羅刹霹靂掌)이 추이의 안면을 향해 작렬했다.

'닿으면 죽는다.'

추이는 본능적으로 알 수 있었다.

눈앞으로 쇄도해 오는 두 개의 거대한 용오름.

서로 다른 방향으로 뒤틀리는 저 회오리에 맞는다면 사지가 아주 갈가리 찢겨 나가 육편조차 건지지 못하게 될 것이다.

그 시점에서, 추이 역시도 최후의 패를 꺼내 들었다.

ㅊㅊㅊㅊㅊㅊ……

추이의 몸 양옆으로 두 개의 혈기(血氣)가 사람의 형상을 갖춘다.

곤귀 구강룡. 그리고 창마 구강호.

이 둘의 혼백은 피눈물을 줄줄 흘리며 각자의 무기를 들어 올린다.

시뻘건 핏물로 이루어진 곤과 창.

두 창귀는 살아생전 가장 애용하던 애병을 쥔 채 저마다의 절기를 사용했다.

일척도건곤(一擲賭乾棍).

벽사십일창(闢邪十一槍).

곤귀와 창마의 성명절기가 동시에 폭사되었다.

그리고 그 기운은 추이가 들고 있는 매화귀창으로 흘러든다.

창을 오른쪽에서 왼쪽으로 감아올리는 곤귀의 일척도건곤.

창을 왼쪽에서 오른쪽으로 감아올리는 창마의 벽사십일창.

마치 서로 다른 방향으로 타오르는 두 마리의 뱀이 꼭대기에서 머리를 맞대듯, 그렇게 추이의 창끝에는 검붉은 응어리가 농축되기 시작했다.

혼원일기극(混元一氣戟).

이 새로운 종류의 무공이야말로 바로 창마가 살아생전에 그토록 꿈에 그리며 찾던 것이다.

만약 창마가 살아 있었을 때 곤귀의 일척도건곤을 손에 넣

었었다면, 그는 일문(一門)의 대종사(大宗師)가 되어 고금 역사에 길이길이 이름을 남겼을지도 모른다.

……하지만. 그러한 사실조차 추이에게는 별다른 감흥을 불러일으키지 못했다.

당장 중요한 것은 죽느냐, 사느냐의 문제다.

눈앞의 나락노야를 죽이지 못해도 죽고, 나락노야를 죽일 수 있을 정도의 힘을 제어하지 못해도 죽는다.

어느 하나만 해도 평생을 걸어야 할 난제인데 그것을 한꺼번에 두 개나 처리해야 하니 천하의 추이조차도 마음에 여유가 없는 것이다.

우드득!

추이의 윗니와 아랫니가 뿌득뿌득 갈려 나간다.

몸에 존재하는 모든 구멍에서 피가 흘러나왔고 오장육부가 모두 너덜너덜해졌다.

앞 층계에서나 통하는 논리를 뒷 층계로 끌어왔으니 그 논리가 제대로 성립될 리가 없다.

낮은 지대에 사는 사람들은 아무리 숨을 몰아쉬어도 폐에 제대로 공기를 보낼 수 없는 고산지대의 희박한 산소량을 체감할 수 없다.

바닷가 연안에 사는 사람들은 집채만 한 쇠공을 어린애 주먹만 한 크기로 찌그러트리는 심해의 수압을 이해하지 못한다.

그런 면에서, 추이는 과거 장강수로채의 인백정이 맞이했던 결말과 비슷한 결말을 향해 달려가고 있었다.

평범한 사람이 갑자기 천산산맥의 꼭대기에 던져지거나, 까마득한 심해의 골짜기에 잠겼거나 했을 때 일어날 법한 일.

퍼－퍼퍼퍼퍼펑!

그것은 전신 혈맥의 폭발로 인한 즉사였다.

추이는 온몸의 피를 분수처럼 뿜어내며 돌진했고, 최후의 일창(一槍)을 내질렀다.

그것은 나락노야의 두 팔에서 뻗어 나오는 시커먼 기류와 정면으로 맞붙었다.

…번쩍!

모든 것을 부수고 흩어 버리는 충격파가 터져 나왔다.

콰콰콰콰콰콰콰콰콰콰콰콰콰콰콰콰콰콰쾅!

그리고 비로소 그것들이 잠잠해졌을 때.

"홀홀홀홀……."

나락노야는 여전히 흙바닥 위에 꼿꼿하게 서 있었다.

비록 오른손 하나가 손목 어귀에서 흔적도 없이 사라져 있었지만 말이다.

"이것 참. 역시 세상은 넓구먼."

운동 삼아 나온 산보에서 오른손을 잃게 될 줄은 꿈에도 몰랐다.

"오래 살고 볼 일이야. 아직도 내 가슴을 뛰게 만들 적수

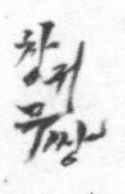

가 남아 있다니. 그것도 요즘 아해들 중에…….”

노야는 피가 푸슉푸슉 뿜어져 나오는 오른손에 힘을 꾹 주었다.

흘러나오던 피가 저절로 멎는다.

ㅊㅊㅊㅊㅊㅊㅊㅊ……

시커먼 나락설태가 노야의 상처를 메꾸며 지혈까지 시키고 있었다.

“……저런 괴물은 해동이나 동영까지 나가야 만나 볼 수 있을 줄 알았는데. 설마 중원 한복판에서 보게 될 줄이야. 홀홀- 참.”

노야는 흙구덩이 아래의 포연을 손으로 걷어 냈다.

그러자 이내 추이의 모습이 눈에 들어온다.

걸레짝이 된 모습의 주검.

사지는 멀쩡해 보이나 전신의 혈맥이 끊어지고 오장육부가 모두 곤죽이 되었다.

일견 보기에도 죽은 것 같았지만 노야는 혹시 모를 마음에 기감을 최대한 펼쳐서 추이의 몸을 더듬어 보았다.

사망(死亡).

이견의 여지가 없다.

추이는 죽었다.

“홀홀홀…….”

나락노야는 너무나도 당연한 이 결과에 고개를 끄덕이며

웃었다.

그는 하급살수 시절부터 그랬다.

마음에 드는 대상을 죽이면 그 흐뭇함에 따라 입가의 미소가 얼마나 갈지 정해지곤 했다.

점창파의 전전대 문주나 아미파의 전대 문주를 암살했을 때는 하루 종일 입가에 염화미소를 짓고 다녔었다.

지금은 몇 대였는지도 기억나지 않는 사도련주를 죽였을 때에는 장장 나흘 내내 폭소했었다.

이번에 추이와의 싸움은 노야에게 있어서 더없이 흐뭇한 과정과 결과였다.

그래서 노야는 생각했다.

앞으로 약 칠 주야 정도는 계속 웃으면서 살 수 있겠다고.

……하지만.

"?"

앞으로도 쭉 이어질 것만 같았던 노야의 웃음은 눈을 몇 번 깜빡이는 동안 싹 지워졌다.

"??"

흙구덩이 중앙의 시체가 몸을 일으킨 것이다.

"???"

터져 나간 핏줄, 너덜거리는 근육, 곤죽이 된 내장, 뒤로 돌아가 흰자위만 보이는 눈.

그리고.

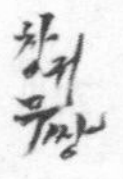

ㅊㅊㅊㅊㅊㅊㅊㅊㅊ……

등 뒤로 뿜어져 나오고 있는 미증유의 기운.

그것을 본 나락노야는 저도 모르게 입을 반쯤 벌렸다.

"……도깨비?"

구리로 된 머리와 쇠로 된 이마.

거대한 동두철액(銅頭鐵額)의 형상이 나락노야를 내려다보고 있었던 것이다.

나락노야.

그는 먼 옛날 살행을 위해 이역만리의 머나먼 타국까지 건너갔던 적이 있다.

범과 표범 들을 피해 장백산(長白山)의 험한 산세를 타고 올라가던 중, 그는 묘한 것과 마주했었다.

구리로 된 머리와 쇠로 된 이마.

피처럼 붉은 얼굴을 가진 괴물들.

그들은 스스로를 '도깨비'라고 부르며 색색의 탈을 쓰고 다녔다.

흥겹게 춤추고 씨름하고 노래 부르며 호랑이를 잡아먹는 도깨비들의 모습을 본 노야는 강렬한 영감을 얻어서 중원으로 돌아왔다.

그것이 나락곡의 황야차, 청야차, 적야차, 흑야차들의 시초였다.

"……. ……. ……."

그리고 지금.

노야는 까마득히 오랜 기억 속의 진짜배기, 다른 말로 하자면 '원본(原本)' 그 자체를 마주하고 있다.

ㅊㅊㅊㅊㅊㅊㅊㅊㅊㅊㅊ……

추이의 몸에서 뿜어져 나오고 있는 붉은 증기가 허공으로 응집하여 거대한 괴물의 형상을 빚어낸다.

네 개의 눈, 여섯 개의 팔, 거대한 뿔과 발굽, 구리로 된 머리와 쇠로 된 이마.

주변에는 혈액처럼 시뻘건 농무(濃霧)가 피어나 시야를 온통 차단하고 있었다.

그것을 본 나락노야는 저도 모르게 한마디를 더 중얼거렸다.

"옛 천자(天子)냐…… 아니면 잊혀진 시대의 악신(惡神)이냐……."

순간, 그의 귓가에 시끄러운 환청들이 메아리쳤다.

千古奇才横空贤

–기이한 재주가 하늘을 덮는 천고의 현자여

可堪并论炎黄间

–염제와 황제 둘이라도 어찌 비하랴

五兵刑法君始点

—다섯 무기와 형과 법이 여기에서부터 시작했으니

九黎生气冲云天

—구리 백성들의 사기는 하늘을 찌르는도다

席卷中原华夏联

—염제와 황제를 누르고 중원을 석권하니

血染江河五千年

—피로 물든 강물이 오천 년을 흐르네

英名不因涿鹿败

—영웅의 이름은 탁록의 패전으로도 가릴 수 없으니

老黑石山百花鲜

—흑석산 온갖 꽃들 여전히 붉네

노야의 귀에서 피가 흘러나온다.

"누구냐? 누가 노래를 불러?"

그것은 너무나도 사실적이어서 도무지 환청처럼 느껴지지 않는다.

하지만 노야는 분명 듣고 있었다.

수십, 수백 명이 떼 지어 부르는 사면초가(四面楚歌)의 노래를.

아니, 그것은 아예 눈에도 보이고 있었다.

장백산 너머의 한 이름 없는 산봉우리에서 만났던 도깨비들.

호랑이 고기와 곰 고기를 뜯어먹으며 춤추고 노래하던 붉은 얼굴의 괴물들.

그것들의 환상은 피를 뿜어낸 듯 붉은 혈기(血氣)의 연무(煙霧) 속에서 둥실둥실 덩실덩실 휘적휘적 떠다닌다.

어느새 달조차 붉게 물들었다.

"……. ……. ……."

노야는 들끓어 오르는 격정을 꾹 내리눌렀다.

천하삼대살수(天下三代殺手)라 불리는 그다.

삼대(三大)가 아니라 삼대(三代).

무려 세 세대에 걸쳐 정점의 자리를 차지하고 있는 살수라는 뜻이다.

근 일백년간 정점을 유지하고 있는 살수답게, 노야는 순식간에 감정을 지우고 평정심을 되찾았다.

'저것이 뭔지 모르겠지만, 그저 허상일 뿐이다.'

노야의 시선이 추이를 향한다.

끊어진 혈맥과 곤죽이 된 내장을 가진 시체.

그것은 실에 매달려 올라온 인형처럼 이상한 자세로 서 있을 뿐이다.

노야는 생각했다.

'어차피 저래서는 움직이지도 못할 터. 설사 움직인다고 해도 사술로 인해 동작하는 강시 수준일 것이다. 그렇다면 충분히 찢어 죽일 수 있지.'

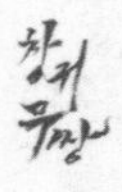

저것이 움직인다면 아마 이대로 곧장 앞을 향해 달려올 것이다.

그러면 자신은 왼손 손바닥을 들어서 나찰장을 먹여 주면 될 일.

오른손은 잘게 다져져 사라졌기에 팔꿈치까지 들어 올려 혹시 모를 일격에 대비하여야 한다.

'오른팔을 들어 막고, 왼팔을 들어 공격한다.'

노야는 만에 하나 벌어질지 모를 일격에 대비하여 두 팔을 움직였다.

그런데.

'음?'

순간 노야의 미간이 찌푸려졌다.

'잠깐만. 저 녀석…… 손에 저게 뭐지?'

저 멀리 서 있는 추이가 무언가를 손에 들고 있었다.

그것은 아까까지만 해도 없었던 것이었다.

팔.

추이의 손에는 어느새 팔 하나가 들려 있었다.

어깨부터 깔끔하게 절단되어 있는 팔이 피를 뚝뚝 떨어트리고 있다.

노야는 눈으로 직접 보고 있으면서도 그것이 무엇인지 몰랐다.

저것이 누구의 팔이란 말인가?

여기저기 검버섯과 흉터들이 잔뜩 피어나 있는 팔과 길고 앙상한 손가락들.

바깥쪽으로 돋아나 있는 엄지로 보았을 때 저것은 왼팔이다.

이 시점에서 저기에 팔을 뜯길 만한 자가 존재했던가?

노야가 그런 의문을 품고 있을 때.

"……!?"

별안간, 왼쪽 어깨에 끔찍한 통증이 느껴지기 시작했다.

노야가 눈을 찢어질 듯 크게 떴다.

고개를 돌린 곳에 왼쪽 어깨가 들어온다.

시커먼 피가 펑펑 뿜어져 나오고 있는 자신의 어깨, 그 아래에는 아무것도 보이지 않는다.

"흘……?"

노야의 목소리가 처음으로 떨렸다.

눈도 깜빡이지 않았는데도 어느새 왼팔을 뜯긴 것이다.

이윽고.

저벅-

추이가 앞으로 움직이기 시작했다.

그의 신형이 일순간 잠시 흐릿해지나 싶더니.

퍼-억!

노야의 오른쪽 어깨에서 또다시 피분수가 터져 나왔다.

"이이잉!?"

노야가 재빨리 몸을 뒤로 틀었으나 이미 늦었다.

추이의 손에는 어느새 노야의 오른팔이 늘어져 있었다.

푸슉- 푸슉- 푸슈슉!

졸지에 양쪽 팔을 잡아 뜯긴 나락노야의 안색이 창백해졌다.

'뭐냐? 지금 무슨 일이 일어나는 거냐 대체 이게?'

본능조차도 한발 늦었다.

노야는 어깨부터 뽑혀 나간 두 팔을 놓고서는 펄쩍 뛰어 뒤로 물러났다.

오싹- 오싹-

전신에 소름이 돋아난다.

한 점의 습기도 존재하지 않는 듯 말라비틀어진 이마 주름의 고랑 사이사이에 식은땀이 송글송글 배어나고 있었다.

'모른다. 못 이긴다. 죽는다.'

저것이 무엇인지 알지 못한다.

알지 못하는 것은 곧 패배로 이어진다.

그리고 살수들에게 있어 패배는 곧 죽음을 의미하는 것이다.

이윽고, 추이의 몸이 천천히 기울어졌다.

그리고.

핏-

거대한 형상의 적도깨비 역시도 팔을 움직였다.

화-아아아아아악!

핏빛으로 빛나는 창이 폭사되었다.

섬광과 함께 한 줄기 혈선(血線)이 그어져 나락노야를 향한다.

"으-아아아아아!"

노야가 발을 들어 올렸다.

시커먼 기류가 휘몰아치는 발이 추이의 안면을 향해 쏘아진다.

흑수나찰각(黑穗羅刹脚).

본디 손으로 쓰는 무공의 묘리가 발끝에서 펼쳐진다.

정확도는 떨어지지만 대신 더욱 강렬해진 기파가 추이의 안면을 향해 쏘아졌다.

하지만.

콰-악!

추이의 창은 노야가 쏘아 보낸 검은 회오리를 일합에 찢어 버렸다.

"……!?"

노야가 경악할 틈도 없이, 추이의 등 뒤에 떠 있는 동두칠액의 흉상(凶相)이 이글거리는 창을 들어 올렸다.

촤—촤촤촤촤촤촥!

창끝에서 폭사되는 것은 바로 이십사수매화검법(二十四手梅花劍法)이었다.

매화노방(梅花路傍), 매화노방(梅花路傍), 매화접무(梅花蝶舞), 매화토염(梅花吐艶), 매개이도(梅開利導), 매화낙섬(梅花落暹), 매화낙락(梅花落落), 매화빈분(梅花頻紛), 매화혈우(梅花血雨), 매화구변(梅花九變), 매화만개(梅花滿開), 매화인동(梅花忍冬), 매화점개(梅花漸開), 매화점점(梅花漸漸), 매화난만(梅花爛漫), 낙매분분(落梅紛紛), 낙매성우(落梅成雨), 매영조하(梅影造河), 매인설한(梅忍雪寒), 매향성류(梅香成流), 매향침골(梅香浸骨), 매향취접(梅香醉蝶), 매유청죽(梅遊青竹), 매향성류(梅香成流), 매화만리향(梅花萬里香)…….

창으로 펼치는 매화검법의 묘리들이 허공을 가득 채운다.

그 모습을 본 노야는 입을 딱 벌렸다.

열 떨기의 거대한 매화.

지금껏 단 한 번도 본 적 없었던 도원경(桃源境)의 모습이 눈앞에 펼쳐져 있는 것 같다.

하지만 그곳에 흩날리고 있는 꽃잎 하나하나는 칼날보다도 날카롭고 예리한 것들.

이곳은 겉보기에는 신선들이 노니는 선계와도 같으나 사실은 오관대왕(五官大王)의 검수지옥(劍樹地獄) 최심층부에 도사리고 있다는 검수림(劍樹林)에 가까웠다.

…퍼퍼퍼퍼퍼퍼퍼퍼퍽!

꽃잎비에 옷 젖는 줄은 몰라도 살점 떨어져 나가는 줄은 안다.

꽃잎 한 장 한 장이 스쳐 지나갈 때마다 나락노야의 살점 한 점 한 점이 떨어져 나가고 있었다.

퍼－엉!

피투성이가 된 노야가 부랴부랴 뒤로 물러났다.

하지만, 그곳에는 이미 거대한 벼락 한 줄기가 떨어져 내리고 있었다.

“……!”

직감적으로 죽음을 느낀 노야가 몸을 꺾었다.

그 순간.

퍼－억!

위에서 아래로, 일직선으로 떨어져 내린 섬광 한 줄기가 왼쪽 무릎 아래를 덥썩 물고 지나간다.

거력패왕도(巨力霸王刀).

추이의 창에서 펼쳐진 패도회의 성명절기가 극성을 넘어 초극성의 경지를 선보였다.

“이, 있을 수 없다. 이런 것은 있을 수 없어!”

노야는 잘려 나간 왼발에도 아랑곳하지 않은 채 지면을 박찼다.

하지만, 그곳에는 이미 하얗게 물든 손바닥 하나가 기다리고 있었다.

추이의 등 뒤에 있던 동두칠액의 흉상이 눈을 부릅뜬다.

소수마공(素手魔功).

부처의 손이 아닐까 싶을 정도로 거대한 손바닥이 태산과도 같은 기세로 덮쳐와 노야의 전신을 후려갈겼다.

쩌-억!

노야는 단 한 수에 피떡이 되어 땅바닥 위를 나뒹굴었다.

"커헉!"

그는 검은 피를 한 됫박이나 토해 냈다.

하지만 추이는 노야의 회복을 기다리지 않았다.

콰-쾅!

붉은 달에 가 닿을 정도로 높게 뛰어오른 추이의 움직임은 사자박토보(獅子搏兔步)를 그대로, 아니 그 이상으로 재현해 낸다.

그것은 전성기 시절의 거정 공제환이 온다고 해도 재현해 낼 수 없을 것 같은 신기(神技)였다.

"으-아아아아아아아악!"

노야는 땅에 처박힌 채 발악했다.

날개와 다리가 찢긴 벌레처럼 발버둥 쳤다.

온 힘을 다해 펼치는 극성의 외흑수나찰각(黑穗羅刹脚).

그것이 아래에서 위로, 직선 궤도를 향해 폭사되었다.

동시에, 추이의 창 역시도 핏빛의 호를 그리며 일련의 움직임을 보인다.

제왕검형(帝王劍形).

정도십오주를 대표하는 최강의 검가(劍家) 남궁세가에서도 극소수의 직계혈통들에게만 가르친다는 비전검술.

그것은 나락노야의 마지막 발악을 흔적도 없이 베어 버렸다.

천붕지괴(天崩地壞).

하늘이 두 조각으로 갈라져 떨어지는 듯한 광경을 보며, 노야는 죽음을 각오했다.

"……저승길이 험할 것 같으니 혼자서는 못 가겠고."

그의 두 눈에서는 깊이를 알 수 없는 어둠이 뿜어져 나오고 있었다.

"우리 길동무나 하세."

노야의 전신 기혈이 폭주한다.

잘려 나간 팔다리에서 쏟아지던 핏물이 도로 되돌아가며, 전신의 혈액이 부글부글 끓어 증기화되기 시작했다.

이윽고, 나락노야가 자신의 모든 생명력을 불살라 펼치는 최후의 오의가 폭발했다.

흑수나찰자분폭뢰(黑穗羅刹自焚爆雷).

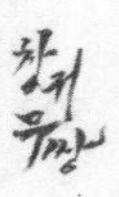

자신의 목숨줄을 도화선 삼아 터트리는 흑색 폭탄이 추이를 향해 쇄도했다.

이윽고, 허공에 떠 있던 추이가 창의 움직임을 바꾸었다.

동시에 추이의 등 뒤에 떠올라 있던 동두칠액의 흉상 역시도 창을 잡은 자세를 바꾸었다.

쿠르르르르르르르륵!

검은 기류와 녹빛 기류가 각기 다른 방향으로 회전하며 하나의 거대한 용오름을 형성한다.

곤귀 구강룡의 일척도건곤(一擲賭乾棍).

창마 구강호의 벽사십일창(闢邪十一槍).

그 두 가지 무공의 묘리가 하나로 합쳐져 혼원일기극(混元一氣戟).

그리고 지금 추이의 등 뒤에 어른거리고 있는 붉은 도깨비는 이 무공의 이치를 다시 한번 뒤바꾸어 더더욱 기이한 형태로 틀어 버린다.

하늘 전체에 있는 모든 먹구름을 죄다 한곳으로 끌어모은다면 이렇게 될까.

거대하고 두꺼운 먹구름의 소용돌이가 천상과 지상을 잇는 수직의 통로를 만들어 냈다.

혼원일기오의극(混元一氣奧義戟).

그것을 맞이하는 순간, 나락노야가 쏘아 보낸 최후의 절기는 풍랑에 떨어진 물방울처럼 사라져 버렸다.

'저것이 정녕 사람의 힘이란 말인가……!'

나락노야는 삶의 마지막 끝에서 이런 의문을 품었으나, 결국 그에 대한 답은 얻지 못했다.

빠-지지지지지지직!

정수리부터 사타구니까지 창에 관통되어 버렸기 때문이다.

추이는 꿈을 꾸고 있었다.

저번과 똑같은 풍경이다.

장강수로채에서의 전투 이후 장강의 본류에 떨어졌을 때와 똑같은 꿈.

저번 삶에서는 잊고 지냈던 유년시절의 기억.

'…….'

추이는 심상세계 깊숙한 곳의 숲을 바라보고 있었다.

숲을 이루고 있는 거대한 나무들은 하나하나가 기억의 잔뿌리들로 이루어져 있다.

그 기억들이 슬프고 고통스러우며 오래되었을수록, 나무들은 현실에 존재하지 않는 기괴한 형태로 뒤틀려간다.

추이는 무시무시한 형상의 나무들을 지나 어두운 숲의 중

심부로 들어섰다.

그곳에서는 예전에 봤던 존재들이 똑같은 행동을 하고 있었다.

…화르륵!

불타고 있는 제전.

붉은 도깨비 탈을 쓴 주술사가 너울거리는 불길 앞에서 춤을 춘다.

위로 삐죽 솟은 엄니, 구리로 된 머리와 무쇠로 된 이마, 네 개의 눈, 여섯 개의 팔, 곰의 등, 소의 뿔과 발굽.

주술사는 몸을 덩실덩실 흔들며 큰 소리로 노래를 부른다.

千古奇才横空贤

–기이한 재주가 하늘을 덮는 천고의 현자여

可堪并论炎黄间

–염제와 황제 둘이라도 어찌 비하랴

五兵刑法君始点

–다섯 무기와 형과 법이 여기에서부터 시작했으니

九黎生气冲云天

–구리 백성들의 사기는 하늘을 찌르는도다

席卷中原华夏联

–염제와 황제를 누르고 중원을 석권하니

血染江河五千年

—피로 물든 강물이 오천 년을 흐르네

英名不因涿鹿败

—영웅의 이름은 탁록의 패전으로도 가릴 수 없으니

老黑石山百花鲜

—흑석산 온갖 꽃들 여전히 붉네

주변에는 같은 모양의 탈을 쓴 사람들이 즐비하다.

그들은 서로 몸을 포개어 겹친 채 팔을 위로 들어 올리고 있어서 마치 하나의 몸에 여러 개의 팔이 돋아난 것 같았다.

허공을 흐느적흐느적 유영하는 여러 개의 팔들.

그들은 모두 입을 모아 말하고 있었다.

'출탁록기(出涿鹿記), 등장백산(登長白山), 해동귀환(海東歸還).'

탁록을 떠나자. 장백산을 오르자, 해동으로 돌아가자.

그들은 입을 모아 하나 되어 염원한다.

바로 그때.

숲속에서 화살 한 대가 날아온다.

퍽—

춤을 추던 주술사의 목에 화살이 박혔다.

사람들 사이에 순식간에 혼란이 번져 나간다.

숲속에서 검은 복면을 쓴 사람들이 나타났다.

그들은 하나같이 창과 칼, 화살로 무장하고 있었다.

'묘족 놈들의 씨를 말려라.'

'독 항아리들을 모두 수레에 실어.'

'벌레 새끼 한 마리 남기지 말고 모조리 죽여야 한다.'

복면인들은 칼을 휘두르기 시작했다.

사천당가의 '적구독설검법(赤口毒舌劍法)'이 곳곳에서 피분수를 일으켰다.

'…….'

추이는 도망가지 않았다.

다만 손에 든 매화귀창을 단단히 움켜쥔 채 복면인들과 맞서 싸울 뿐이다.

퍼-억!

추이를 향해 달려드는 복면인들.

그들의 창칼이 추이의 몸에 박혔다.

화살이 피부를 뚫고, 칼이 살을 가르고, 도끼가 뼈를 부수고, 창이 내장을 끄집어낸다.

하지만 추이는 도망가지도, 숨지도 않았다.

그저 창을 휘둘러 복면인들을 죽이고 또 죽일 뿐이다.

이윽고, 추이는 맨 뒤에 있던 복면인까지 모두 찔러 죽였다.

화악-

복면인의 얼굴을 가리고 있었던 검은 천이 벗겨진다.

오똑한 콧날에 흰 피부, 뱀처럼 찢어진 눈.

사백정 당삼랑이 추이를 올려다보고 있었다.

'내가 왜 당가에서 퇴출당했는지도 알고 있나?'

'남만(南蠻)의 묘족들을 학살했던 이들이 사천당가인 것은 알지?'

'나는 그 당시 묘족 놈들을 하도 많이 죽여 대서, 그 죄로 추방된 것이다. 말하자면 꼬리자르기를 당한 셈이지.'

'웃기지 않나? 당가는 묘족의 독 제조법을 얻기 위해 그들을 습격하고 유린했다. 그리고 그 책임을 모두 나에게 덮어씌운 뒤 독 제조법만을 빼앗아 갔고.'

'묘족의 독에 내성이 있는 것을 보니 너는 묘족 출신인가 보구나. 그러면 혹시 나를 알지도 모르겠군.'

'모른다니 아쉽군. 나는 왠지 너를 알 것도 같은데 말이야.'

일그러지는 미소와 함께, 사백정의 모습이 창귀의 형상으로 변했다.

추이는 눈앞의 이 창귀가 자신의 것이 아닌 허상 속의 존재임을 알고 있었다.

하지만. 그것은 허상치고는 꽤 묘하게 느껴지는 말 한마디를 귀뜸했다.

'오독(五毒)을 두려워할지어다.'

"……!"

추이는 눈을 떴다.

온몸이 부서질 듯 아프고 쑤시다.

근육은 죄다 끊어지고, 뼈는 죄다 부서졌으며, 내장은 곤죽이 되어 한데 뒤섞였다.

입안에는 흙이 가득 차 있다.

하지만 그것을 뱉기는커녕 손가락 한 마디조차 뜻대로 움직일 수 없었다.

아주 순간이지만, 추이는 자신이 '죽어서 땅 속에 묻혔나?' 하고 생각했을 정도였다.

하지만 분명 추이는 살아 있다.

죽어 가고 있는 중이기는 했지만 어쨌든 살아 있는 것은 살아 있는 것이었다.

단전 속의 내력을 운용해 보니 움직일 수 있는 내력이 거의 남지 않았다.

회귀한 이래, 이토록 전력을 다해 보기는 거의 처음이었다.

'아니. 전력을 다하다 못해 한 번 죽었던 것 같기도 하고…….'

추이는 자신의 몸 상태를 냉정하게 진단했다.

폐인(廢人).

못 쓰게 된 인간.

시체와 살아 있는 인간의 경계.

추이는 딱 그쯤에 누워 있는 것이다.

'대체 어떻게 살았지?'

마지막 기억 속, 나락노야가 내뻗던 나찰장의 기억이 아직도 선명하다.

좌와 우로 휘몰아치며 그 사이의 모든 것들을 찢어발기던, 그 파괴적이고 원초적인 움직임.

그것을 정통으로 맞았는데 어찌 살아남았다는 말인가?

추이는 간신히 고개를 돌렸다.

거대하게 패인 구덩이 한복판.

쓰러져 있는 추이의 옆에는 나락노야가 서 있었다.

"……!"

추이는 눈을 크게 떴다.

나락노야는 지면에 발을 딛고 서 있었다.

흉신악살(凶神惡煞)처럼 잔뜩 일그러진 표정.

두 팔은 뜯겨 나갔고 한쪽 발 역시도 발목 아래가 잘려 있는 것이 보인다.

그리고 무엇보다, 그의 정수리부터 사타구니까지는 일자(一字)로 관통되어 있었다.

파스스스스스스스스스스……

나락노야의 몸은 어느덧 재로 변해 무너져 내렸다.

수분 한 점 없이 맵게 풀썩이는 잿가루.

흰 재와 검은 재로 변해 폭삭 내려앉은 나락노야의 시체 밑에는 매화귀창이 깊게 박혀 있는 것이 보였다.

그 와중에.

ㅊㅊㅊㅊㅊㅊㅊㅊㅊㅊ……

나락노야의 혼백이 추이의 단전 속으로 엉금엉금 기어들어온다.

추이는 일단 나락노야의 넋을 단전 속의 심상뇌옥에 가두었다.

'들어가라.'

[…….]

나락노야는 겁에 질린 표정으로 순순히 추이의 통제를 따랐다.

천하제일의 살수를 창귀로 만들었으니 마음을 꺾어 복속시키기까지는 오랜 시간이 걸릴 줄 알았는데, 상당히 의외였다.

그는 죽기 전에 무엇을 본 것일까?

무엇을 보았기에 나락노야 정도 되는 초절대고수가 저렇게 넋이 나갔을까?

……하지만 지금 추이에게는 그런 것들을 생각할 여유가 없었다.

단전 속의 창귀들은 모두 지쳐서 나가떨어져 있다.

이것들을 굴려 봤자 몸을 회복하는 데에는 별로 도움이 되지 않을 것 같았다.

'야단났군.'

지금 추이는 가만히 누워서 숨을 헐떡이는 것밖에는 할 수가 없다.

이대로 가다가는 과다출혈이나 내장파열로 천천히 죽어갈 것이다.

바로 그때.

…꿈틀!

추이는 자신의 몸에서 유일하게 움직이는 것을 찾아냈다.

…꿈틀! …꿈틀!

그것은 바로 머리카락이었다.

…꿈틀! …꿈틀! …꿈틀!

추이의 머리카락이 별안간 뱀처럼 움직이는가 싶더니 쭈욱 늘어난다.

그것은 추이의 코와 귀, 입속으로 파고들어가더니 내장 깊숙한 곳까지 파고들었다.

유난히 가느다란 머리카락들이 추이의 몸속 곳곳을 헤집었다.

부러진 뼛조각들을 하나로 묶었고, 끊어진 근육들을 대신해 결을 매듭지었으며, 곤죽이 된 내장들을 각자의 구획으로 모아 꿰맸다.

마치 수술을 하는 듯한 모양새로.

"……?"

추이는 자신의 몸뚱이를 수복하는 머리카락 촉수들을 보며 이 괴이한 것들이 무엇일지 생각했다.

그리고 이내.

"……!"

추이는 이것이 무엇인지 알아냈다.

나락설태(奈落舌苔).

나락노야의 뒤통수에서 공생하고 있었던 이 균인지 이끼인지 모를 정체불명의 영물(靈物)이 추이에게로 옮겨온 것이다.

'……이것이 나를 살린 것인가?'

물론 나락설태가 추이를 살린 것은 자비나 온정 때문이 아닐 것이다.

그저 본능적으로, 나락노야라는 숙주가 파괴되었으니 가까이 있는 다음 숙주를 찾았을 뿐이리라.

자신의 몸 전체를 파고들며 잇고 꿰메고를 반복하는 머리카락들을 보며 추이는 생각했다.

원래대로라면 나락노야를 만난 시점에서 죽음은 피할 수 없는 것이었다.

하지만 영문을 알 수 없는 몇 가지 운이 작용한 결과, 자신은 살아남았고 나락노야는 죽었다.

'주변의 자국들을 보니 다 창귀들이 날뛴 흔적 같은데…… 내가 무아지경의 상태로 폭주했을 가능성이 크겠군.'

말이 좋아 무아지경의 폭주지 사실 주화입마나 다름없다.

원래대로였다면 죽거나 폐인이 되었어야 정상이다.

하지만 몇 가지의 안배와 운이 제대로 작용해, 추이는 살아남았다.

들끓는 기혈은 묘족의 호흡법으로 다스리고, 박살 난 육체는 나락설태의 생명력으로 재생한다.

추이는 천천히 몸을 일으키고 있었다.

쉬리릭—

추이의 머리카락 하나가 검은 혓바닥처럼 변해 꿈틀거린다.

그것은 너무나도 작아서 혓바닥이라기보다는 그저 실뱀처럼 보였다.

나락노야가 다루던 것과는 너무나도 대조되는 크기였지만, 어찌 되었든 간에 이런 영물을 얻게 되었다는 것 자체가 기연이다.

'너희도 시간이 갈수록 점점 성장하겠지.'

나락노야는 말했었다.

이것들은 쇠나 피 같은 특정한 먹이들을 먹고 자라난다고.

추이는 천천히 상체를 일으켜 흙벽에 기대었다.

나락노야와 창마의 시체는 흔적도 없이 사라졌으니 이제 이곳에는 아무것도 남지 않게 되었다.

바로 그때.

"……!"

머리카락 한 줄기가 빳빳하게 곤두선다.

나락설태의 촉수 하나가 추이에게 경고를 보내오고 있었

다.

그것은 내공으로 느껴지는 것이 아닌, 마치 거미가 거미줄에 걸린 먹이의 진동을 느끼는 것과도 비슷한 감각이었다.

'누군가가 온다.'

추이 역시도 그 사실을 눈치챘다.

이쪽을 향해 빠르게, 다급하게 다가오고 있는 움직임이 있었다.

"……서문 부교관!"

절규하듯 외치는 여인의 목소리.

숲 건너편에 두고 갔던 구예림이 이쪽을 향해 달려오고 있는 것이다.

구예림.

그녀가 눈을 뜬 곳은 한밤중의 숲속이었다.

"!?"

몸을 일으킨 그녀는 재빨리 주위를 살폈다.

하지만 창마의 모습도, 서문경 부교관의 모습도 보이지 않았다.

"……."

구예림은 기절하기 직전 보았던 풍경을 떠올렸다.

고립무원(孤立無援), 풍전등화(風前燈火).

아무도 도와줄 사람 없는 오지에서 창마의 손에 의해 죽기 직전이었던 상황.

구예림이 삶의 의지를 내려놓았을 바로 그때, 자신의 눈앞에 나타났던 단 한 사람의 사내.

…턱!

낯익은 뒷모습.

창마의 공격을 막아 준 그는 분명 서문경 부교관이었다.

구예림은 정신을 잃으며 생각했다.

이 사람이라면 멀고 험한 저승길도 서로 의지하면서 갈 수 있을지 모르겠다고.

……하지만.

"내가 어떻게 살아 있지?"

구예림. 그녀는 죽지 않았다.

심지어 상처 한 올 입지 않은 채로 이렇게 정신을 차리지 않았는가.

"대체 무슨 일이 일어났던 거야?"

그녀는 초토화된 숲을 돌아보며 어안이 벙벙하다는 듯한 표정을 지었다.

주변의 나무들은 모조리 박살 나 있었고 바위와 언덕 들은 죄다 부서졌다.

곳곳에 긁히고 불탄 흔적들이 가득하다.

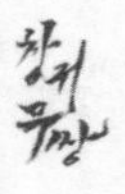

말라붙은 피가 꾸덕하게 굳어 갈변해 있는 것도 보였다.

바로 그때.

콰—콰콰콰콰콰쾅!

하늘이 무너져 내리는 듯한 굉음이 울려 퍼졌다.

뭔가 싶은 구예림이 고개를 들자 지평선 저 너머, 숲이 끝나는 지점에서 몰아치고 있는 거대한 회오리가 보였다.

난데없는 자연재해에 놀란 그녀는 눈을 휘둥그렇게 떴다.

'일단 서문 부교관을 찾아야 해.'

자신을 위해 죽음을 무릅쓰고 사지로 들어왔던 남자.

그리고 과정은 알 수 없지만, 어찌 되었든 간에 자신의 목숨을 구해 준 남자.

그의 행방을 알기 위해 구예림은 지면을 박찼다.

'제발 무사하길…….'

누군가를 이렇게 걱정해 보는 것은 태어난 이래 처음이었다.

구예림은 방금 전에 보았던 기상이변이 혹시 창마와 관련이 있지 않을까 생각했다.

그리고 그 예상은 절반쯤 들어맞았다.

…타탁!

그녀는 반쯤 파괴되어 있는 거대한 바위 앞에 내려앉았다.

십수 층 누각만큼이나 커다란 바위는 곳곳에 구멍이 뚫려 금방이라도 붕괴해 내리기 직전이었다.

그곳에는 산산조각이 난 창의 파편들이 곳곳에 박혀 있었다.

시커먼 미늘창.

그것은 분명 창마 구강호가 쓰던 애병이었다.

'대체 여기서 무슨 일이 있었던 거지?'

그녀는 무림맹의 수사관 출신.

그것도 수사과들 중 가장 빡세다는 사학비리 전담과의 수장이다.

등천학관과 타 문파들의 부정한 유착 관계를 주로 수사하는 직종답게, 그녀는 각 문파나 세가들의 정보에 밝았다.

구예림은 지면을 훑고 간 자국들에서 몇 가지 익숙한 무공의 흔적들을 발견할 수 있었다.

나무가 잘려 나간 모양, 마찰열이나 불똥에 의해 변색된 흔적, 모래가 튄 방향, 풀잎이 누운 각도, 이 모든 것들은 과거 이곳에서 무슨 일이 벌어졌었는지 알려 주는 단서가 된다.

"이건 이십사수매화검법? 검흔의 폭이 좁고 변초가 많으며 마찰열이 많이 발생한 것으로 보아 매화검수 이상의 실력자가 펼친 것 같은데……."

그녀가 알기로 이 정도의 쾌검으로 이십사수매화검법을

펼칠 수 있는 실력자는 얼마 전에 실종된 백비 교관 정도뿐이다.

이윽고, 구예림은 언덕 하나를 넘어서 또다시 묘한 흔적 하나를 찾아냈다.

"이건 남궁세가의 검법 같은데. 폭과 깊이, 궤도를 보면 창궁무애검법인가. 아니, 그보다는 초식이 훨씬 더 복잡한 것 같기도 해. 어쩌면 제왕검형일지도……."

하지만 제왕검형은 남궁세가의 직계 중의 직계, 그중에서도 심후한 공력을 소유하고 있는 윗배분의 검호들에게만 비밀리에 전수된다.

"그런 것들이 대체 여기에 왜……."

생각할 수 있는 경우의수는 하나뿐이다.

화산파의 매화검수와 남궁세가의 원로가 이곳에 와서 창마와 싸웠다는 것.

구예림은 도무지 말이 되지 않는 상황과 증거들 앞에 잠시 고민했다.

하지만 그것이 다가 아니었다.

언덕 아래로 내려가자 그곳에는 더더욱 초토화된 풍경이 보인다.

여기서부터는 구예림조차도 알지 못하는 무공의 흔적들이 즐비했다.

손바닥 모양으로 하얗게 얼어붙은 자국들.

아마 중원이 아닌 먼 세외의 장법(掌法)으로 추정된다.
그 옆에는 바위를 깨부수고 산을 무너트릴 것 같은 거력의 흔적들이 엿보인다.
아마 크고 거대한 무기, 가령 참마도 같은 것을 다루는 사파의 무공이 아닌가 싶었다.
경공의 흔적도 있었다.
다만 발자국과 발자국의 사이가 너무나도 멀리 떨어져 있어서 언뜻 보기에는 두 개의 발자국이 서로 연관이 있어 보이지 않을 정도였다.
"……하나같이 흔적들이 예사롭지 않아. 뭐지? 이곳에서 정사대전이라도 벌어졌던 건가?"
사파의 고수들과 정파의 고수들이 한데 모여 싸우지 않고서야 지형이 이렇게 변할 수가 없다.
더군다나, 이곳에는 결코 좌시하지 못할 무공의 흔적도 보였다.
일척도건곤.
나무와 바위를 뚫고 지나간 이 회전기류의 흔적은 분명 곤귀 구강룡의 것이었다.
그 옆에는 창마 구강호가 선보인 것으로 추정되는 벽사십일창의 흔적이 뚜렷하게 남아 있었다.
"이게 대체……."
구예림은 멍한 표정으로 입을 반쯤 벌렸다.

일척도건곤은 일인전승이다.

고집 센 곤귀가 이 수칙을 어겼을 리가 없었다.

그렇다는 것은, 곤귀 구강룡이 어딘가에 살아 있다는 뜻이 된다.

그것도 모자라 동생인 창마 구강호와 재회하여 함께 합격술을 펼쳤다는 것인데…….

"……하지만 대체 어떻게. 왜. 누구를 상대로?"

모든 것이 혼란에 휩싸여 있는 상황 속에서, 구예림은 손으로 이마를 짚어 두통을 가라앉혔다.

바로 그 순간.

"!?"

구예림은 흙구덩이 아래에서 무언가를 발견했다.

"……서문 부교관!"

어디서 그런 큰 소리가 나왔을까.

구예림은 한평생 내 본 적 없는 목청으로 소리 질렀다.

거의 절규에 가까울 정도로 소리쳐 부른 그 이름의 주인이 저 흙구덩이 아래에서 신음하고 있었다.

서문경.

그의 얼굴을 보는 순간, 구예림은 눈에서 눈물이 왈칵 치솟는 것도 모른 채 소리쳤다.

"서문 부교관! 괜찮나!? 괜찮아!?"

그녀는 신발이 벗겨져 나가는 것도 모르고 맨발로 흙바닥

위를 허둥지둥 뛰어 내려왔다.
피투성이가 된 서문경은 눈을 감은 채로 말이 없다.
"아아아……."
구예림의 눈에서 결국 눈물 한 줄기가 흘러내린다.
그녀는 떨리는 손으로 서문경의 뺨을 더듬었다.
싸늘한 냉기만이 전해져 오는 살갗.
"아아아아아……."
짝을 잃은 원앙처럼 우는 구예림.
그녀는 서문경의 뺨과 가슴을 어루만지고 또 어루만졌다. 그러고는 그의 이마에 자신의 이마를 가져다 댄 채 통곡했다.
"바보같이…… 바보같이 나를 살리려고 죽다니……."
구예림의 눈물 콧물이 서문경의 얼굴 위로 방울져 떨어진다.
바로 그때.
"아직 안 죽었다."
"꺄아아아아아악!?"
별안간 눈을 번쩍 뜨는 서문경.
그리고 화들짝 놀라 고개를 드는 구예림.
"……!"
이윽고, 서문경의 얼굴을 본 구예림의 얼굴이 어린아이의 그것처럼 울상으로 변한다.
"으아아아아아앙!"

서문경을 왈칵 끌어안는 구예림의 손.

…우득!

구예림의 가슴에 얼굴이 파묻힌 추이는 다시 한번 죽음을 경험할 뻔했다.

의식이 점차 희미해진다.

저 멀리, 강 건너, 붉은 탈을 쓴 주술사가 손짓하는 것이 보였다.

"그, 그만…… 진짜 죽…… 어……."

"아차! 미, 미안하다!"

추이의 목소리를 들은 구예림이 화들짝 놀라 떨어졌다.

그녀는 눈에 커다란 눈물방울을 그렁그렁 단 채로 추이의 뺨과 가슴을 쓸었다.

"어, 어디 다친 곳은 없나? 응? 다친 데 없어?"

"멀쩡한 곳을 찾는 게 더 빠를 것이다."

추이는 반말을 하고 있었지만 구예림은 조금도 이상한 점을 느끼지 못하고 있었다.

아니, 지금 그런 것을 의식할 여유조차도 없었다.

"빨리, 빨리 의원에게로 가야 한다. 서두르면 살 수 있어. 걱정 마라! 나는 경공에 뛰어나다!"

"……."

추이는 구예림의 부축을 받으며 상체를 일으켰다.

그사이 창귀들의 힘을 조금 뽑아다 써서 몸 상태는 많이 나아져 있었다.

더군다나 나락노야의 몸에서 옮겨 온 나락설태 역시도 새로운 숙주의 몸을 회복시키기 위해 최선을 다하고 있는 중이었다.

나락설태는 추이가 아닌 구예림의 몸으로 옮겨 가고 싶어 하는 듯 보였으나, 이미 추이의 몸을 회복시키기 위해 뿌리를 깊게 내렸기에 그것은 불가능했다.

'……헛된 시도를 했다가는 바로 불태워 주마.'

추이는 머리카락 사이사이에 자리 잡은 나락설태를 향해 조용히 경고했다.

그러자 나락설태는 숙주의 의도를 알아들은 듯 쪼그라들었다.

과연 영물은 영물인 모양.

그때. 구예림이 추이를 안아 올린 채 말했다.

"산 아래로 곧장 내려가서 가까운 관아나 토반옥을 찾겠다. 그때까지만 참아라. 반드시 그대를 살릴 테니까."

"……."

추이는 별다른 대답을 하지 않았다.

경공을 쓰는 것은 무리겠지만 제 발로 걸어갈 정도까지는 회복되었다고 말할까 싶었으나.

"반드시. 모든 걸 걸고 그대를 살리겠다. 내가 다 책임질 것이다."

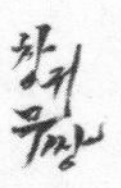

"……."

구예림이 추이의 손을 꽉 잡은 채 너무나도 결연한 표정을 짓고 있었기에 뭐라 말하기 힘든 분위기였다.

이윽고. 둘은 황무지를 떠났다.

구예림은 추이를 안은 채 사력을 다해 달려 산기슭 아래로 내려갔다.

달리는 도중, 그녀는 추이에게 물었다.

"그런데 대체 무슨 일이 있었던 것인가? 창마는 어떻게 되었지?"

구예림의 의문은 당연한 것이다.

상대는 창마 구강호였다.

초일류의 경지에 있는 구예림조차 승리는커녕 목숨이나 걱정해야 하는 절대고수.

그런 자와 맞닥뜨렸으니 사실 서문경이 목숨을 잃는 것은 당연한 결과여야 했다.

하지만.

"창마는 죽었다. 정체 모를 고수들에게."

추이의 말은 구예림에게 새로운 놀람을 안겨 주었다.

"창마 구강호에게 당해 의식을 잃기 전, 몇 명의 고수들이 전투에 난입해 들었다. 그리고 깨어나 보니 아무도 없더군."

적당한 변명, 적당한 얼버무림.

하지만 다 죽어 가는 환자에게 그런 것을 따져 물을 수는 없다.

애초에 구예림은 추이의 몸 상태에만 모든 신경을 집중하고 있었기에 그런 것 따위는 그러거나 말거나였다.

다만.

"창마 구강호가 죽었다면 이건 예삿일이 아니다. 사도련에서 움직이게 될 거야. 빨리 이 사실을 학장님께 보고해야겠어. 임무는 중단이다."

구예림은 추이를 치료한 뒤 등천학관으로 곧장 돌아갈 계획을 세우고 있었다.

그 말을 들은 추이는 구예림에게 안긴 채로 생각했다.

'……어쩌면 사도련과의 접촉이 조금 더 빨라질지도 모르겠군.'

등천학관에 잠입한 지도 어느덧 꽤 시간이 흘렀다.

이제는 슬슬 본 단계로 넘어갈 차례였다.

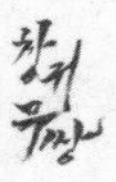

새로운 얼굴

추이는 가까운 의원에 입원했다.

침상에 누워 있는 기나긴 시간 동안, 추이는 눈을 감은 채 심상뇌옥 속 창귀들의 서열을 재정리하고 있었다.

나선 형태를 그리며 아래로 빙글빙글 나열되어 있는 뇌옥.

마치 뾰족한 뿔고둥을 거꾸로 꽂아 놓은 듯한 형태의 이 심상공간에는 수도 없이 많은 창귀들이 버글거린다.

살아서는 높은 데 올라 아랫것들을 내려다보는 것이 강자의 특권이라면, 죽어서는 그것이 정반대였다.

이 뇌옥은 서열이 높은 창귀일수록 아래에 위치하여 아랫것들을 올려다보고 있는 형태를 취하고 있었다.

[……. ……. …….]

나락노야의 창귀가 나선 형태의 뇌옥 가장 깊은 곳에 도사리고 앉았다.

그것은 뇌옥 속의 다른 창귀들과는 전혀 다른 이질적인 기운을 내뿜고 있어서 도무지 다른 것과 섞일 것 같지가 않다.

'……초절정고수를 창귀로 만들기는 정말 쉽지 않은데, 운이 좋았다.'

추이는 완전히 창귀가 된 나락노야를 바라보며 생각했다.

한편, 그 전까지 가장 깊은 뇌옥에 도사리고 있었던 시귀 북궁설의 창귀는 위로 두 칸이나 올라앉은 상태였다.

곤귀 구강룡과 창마 구강호.

이 둘은 혼원일기극이라는 절대무공을 죽은 뒤에나 창안하게 되었다.

그 결과, 그들은 나락노야의 바로 위쪽에 자리 잡은 채 다른 창귀들을 오시하고 있는 것이다.

그 외에도 도막생, 가정맹, 백비, 남궁팽생 등등의 창귀들이 보인다.

그 위로 또다시 수많은 잡 창귀들이 득실거리고 있었다.

추이는 뇌옥 속의 창귀들을 자유자재로 부렸다.

추이가 손을 움켜쥐면 모든 창귀들이 목줄을 부여잡고 켁켁거렸고, 추이가 한 번 손가락을 튕기면 모든 창귀들이 심장을 부여잡고 발작했다.

창귀들이 고통에 몸부림치며 내지르는 비명, 뚝뚝 떨어트

리는 피눈물, 증오와 저주, 탄식 섞인 신음들은 모두 추이의 내공으로 치환된다.

이윽고.

ㅊㅊㅊㅊㅊㅊㅊㅊㅊㅊ……

창귀들이 뿜어내는 막대한 양의 내공이 추이의 몸속 혈관을 통해 질주했다.

일양(一陽)의 불씨는 회음, 미려, 명문, 협척, 옥침, 백회의 독맥(督脈)을 거쳐 일주천을 이루었다.

이후 임맥(督脈)을 거친 내력이 추이의 몸을 다시 한번 휘감아 돈다.

임(任)과 독(督). 양맥(兩脈)을 통해 대주천을 마친 추이의 몸에 변화가 나타나기 시작했다.

…파아아앗!

추이의 전신에서 피어오른 붉은 증기가 뱀의 형상으로 변했다.

그것은 추이의 몸을 휘감고는 정수리 쪽을 향해 천천히 스며든다.

추이의 눈이 뜨였다.

붉게 물든 눈동자 속에서 뱀 모양의 이채가 발현되었다가 서서히 사라진다.

적사투관(赤蛇透關)의 경지.

추이는 몸속에서 끓어오르는 내기를 조용히 갈무리했다.

이올(彝兀) 제십 층계.

이것이 현재 추이가 도달해 있는 경지였다.

나락노야의 넋을 흡수하면서 추이는 이올의 단계를 대성(大成)했다.

이제 남은 것은 육혼의 경지로 넘어가는 관문뿐.

세간의 인식과 상식으로 따지자면 '초절정(超絕頂)'의 경지로 넘어가는 문턱에 서 있는 셈이기도 했다.

'……이 관문을 넘기 위해 등천학관에 들어온 것이기도 하지.'

추이는 생각했다.

시간이 흐르고 경험이 쌓이면 자연스럽게 올라갈 수 있는 것이 이올의 단계다.

하지만 육혼의 경지는 조금 다르다.

단순히 시간과 경험이 아니라 막대한 영약들까지 함께 필요한 단계가 바로 육혼이었다.

천고의 영약, 영험한 약재, 때로는 천하의 극독이 필요한 경우도 있다.

심지어 육혼의 첫 단계는 거의 약물로 넘어야 한다고 해도 과언이 아닐 정도였다.

'그래서 죽기 전의 홍공도 상당히 약물에 집착하는 모습을 보였었고.'

추이는 홍공이 약재를 구해 오라고 했을 때를 떠올렸다.

'오호애재라. 천기단을 한 알, 아니 반 알만 먹을 수 있다면 내가 입은 내상을 모조리 치료할 수 있을 터인데…….'

그 당시, 죽어 가던 홍공이 언급했을 정도로 효과가 뛰어난 영약 하나가 있었다.

천기단(天機丹).

천기자가 하늘의 비밀을 담아, 온 힘을 다해 제작했다는 환약.

후에 무림에 위기가 닥치거든 그 환란(患亂)을 해결할 영웅에게 건네주라고 남겨 놓은 안배.

그 효과는 소림의 대환단을 아득하게 넘어서는 수준으로 일개 범부가 복용하면 한평생 무병장수하게 되며, 삼류무인이 복용하면 단숨에 일류의 경지를 밟을 수 있고, 일류무인이 복용하면 하루아침에 삼화취정과 오기조원의 경지를 밟을 수 있으며, 절정고수가 복용할 경우 초절정의 영역을 엿볼 수 있게 된다는 천하제일의 영약이다.

그것은 천하에 단 세 알만이 존재했다.

한 알은 무림맹 깊숙한 곳에, 다른 한 알은 소림사의 본당 대웅전 지하에.

그리고 남은 한 알은 바로 등천학관에 보관되어 있었다.

추이는 바로 그 세 번째 천기단을 털 생각이었다.

'애초에 그것을 훔쳐 먹을 생각으로 등천학관에 들어왔으니, 이제 슬슬 본 단계에 들어갈 때가 되었다.'

죽기 전의 홍공이 그토록 애타게 그리던 환약이니만큼 그 효능은 확실할 것이다.

추이가 앞으로의 계획을 세우고 있을 바로 그때.

끼이이익-

의원의 문이 열리며 한 사람이 방 안으로 들어왔다.

"서문경 부교관. 몸은 좀…… 어떤가?"

구예림. 그녀가 걱정스럽다는 듯한 시선으로 추이의 얼굴을 들여다보고 있었다.

추이는 자신의 얼굴을 덮고 있는 면구를 한번 더듬었다.

면구는 이미 너덜너덜해졌지만 잿가루와 흙먼지가 묻어서 그나마 티가 덜 난다.

더군다나 방 안의 등불이 어스름했기에 그림자가 져서 다행이었다.

"괜찮다."

추이는 짧게 대답했다.

그러자 구예림은 안도의 한숨과 함께 추이의 발치에 앉았다.

"다행이다. 이만하길 천만다행이야. 그래도 혹시 모르니 이것을 복용하는 게 좋겠어."

"……?"

추이는 구예림이 내미는 것을 바라보았다.

그것은 흰 천에 덮여 있는 작은 환약이었다.

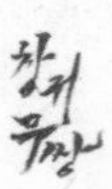

검고 둥글었으며 표면이 매끈해서 구슬처럼 보이기도 했다.

구예림이 말했다.

"이것은 취구환이다."

"……!"

취구환이라 함은 개방 최고의 영약들 중 하나이다.

비록 소림의 대환단에 비할 바는 아니지만 소환단에는 능히 견줄 수 있다고 알려진 어마어마한 비약.

일설에는 죽기 직전의 환자에게 먹이면 일 년의 수명을 늘릴 수 있다고도 전해진다.

구예림은 취구환을 덮고 있는 천을 걷으며 말을 이었다.

"그것도 운남산 오풍초와 북해산 구엽선란으로 만든 최상급이지."

취구환은 약초의 혼합 비율과 조제 방법 등에 따라 다양한 품종이 존재한다.

그중 운남산 오풍초와 북해산 구엽선란이 들어간 취구환은 내공을 증진시키는 것 외에도 특히나 신진대사를 촉진하고 면역 기능을 향상시키는 데 효능이 좋았다.

그 귀한 것을 지금 구예림은 추이에게 건네고 있는 것이다.

"스승님을 졸라서 겨우 받아 왔다. 얼른 먹어라."

"……."

추이는 손안에 들어온 작은 환약을 한동안 물끄러미 내려다보았다.

구예림이 아무리 개방의 소방주라고는 하나 개방의 무가지보나 다름없는 것을 구하기 쉬웠을 리가 없다.

하지만 그녀는 한 치의 주저함도 없이 그것을 추이에게 내밀고 있는 것이다.

"어서."

"……."

추이는 취구환을 입에 넣고는 삼켰다.

원래도 멀쩡했던 몸속에 약 기운이 돈다.

본디 추이는 만독불침의 경지에 오르면서 영약의 효과도 얻지 못하게 되었지만, 이올의 제십 층계에서만큼은 예외였다.

이 단계에서는 몸이 주변의 기운을 받아들이기 위해 개방되면서 일시적으로 독도 약도 잘 듣게 되는 것이다.

몸 안으로 들어오는 모든 기운들이 다 육혼으로 가는 연료가 되는 단계.

추이의 몸속으로 들어온 취구환이 바로 첫 불을 떼는 장작이었다.

ㅊㅊㅊㅊㅊㅊㅊㅊㅊ…… 번쩍!

취구환이 체내로 녹아들며 육혼으로 가는 관문이 조금 더 빛나기 시작했다.

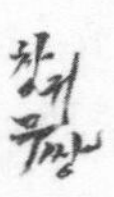

일양의 불씨에서 태어난 붉은 뱀이 또다시 단전에서 머리를 빼내어 혈맥 곳곳을 돌아다니기 시작했다.

추이는 내력을 륜(輪)의 형태로 만들어 한동안 회전시키던 끝에 단전 밑바닥으로 가라앉혔다.

'이건 뜻하지 않은 성과다.'

그 짧은 사이에 공력이 확 늘어났다.

과연 개방의 보물다운 효능이었다.

한편, 구예림이 초조한 기색으로 물어 왔다.

"효과가 있나? 내상이 좀 회복된 것 같아?"

"도움이 됐다. 고맙군."

추이의 말에 구예림의 표정이 밝아졌다.

그녀는 가슴을 쓸어내리며 안도의 한숨을 내쉬었다.

"다행이다. 한데……."

순간, 구예림의 표정이 묘하게 바뀌었다.

"아까부터 왜 은근슬쩍 말을 놓나?"

"……!"

추이 역시 아차 싶어 고개를 들었다.

나락노야의 창귀를 다스리느라 정신이 없어서 신분을 위장하고 있었던 것을 잠시 잊었다.

추이는 지금 등천학관의 부교관 서문경인 것이다.

"죄송합니다. 잠시 정신이 없었습니다."

"……."

추이가 바로 사과하자 구예림이 뭔가 복잡미묘한 표정을 지었다.

"크흠."

그녀는 잠시 고민하던 끝에 쭈뼛쭈뼛 말을 이었다.

"뭐…… 아주 나쁘지는 않다."

"?"

"그냥…… 다른 사람이 볼 때는 조심해야 할 것 같아서 한 말이다. 아무래도 직장 내에서는 계급이라는 것이 있으니…… 그리고 그, 서문 부교관이 아마 나보다 훨씬 더 연하지? 그래도 뭐…… 나는 괜찮은데."

구예림은 말끝을 우물우물 흐린다.

평소의 그녀에게서는 절대 찾아볼 수 없는 모습이었다.

"둘만 있을 때는…… 말을 편하게 해도 좋을 것 같다."

"아닙니다."

"아니, 아까는 잘만 했으면서……."

"교관과 부교관의 계급이 명확한데 어찌 그렇게 하겠습니까. 존댓말을 쓰는 것이 당연합니다."

"그러니까. 둘만 있을 때는 괜찮대도."

"아닙니……."

"아니, 아닌 게 아니라……!"

구예림이 추이의 말을 끊으며 말했다.

"둘만 있을 때는 말을 편히 해라. 나도 그 편이 편할 것 같

다.”

“……알겠다. 구예림 교관.”

“교관이라니. 너무 딱딱한 호칭이 아닌가.”

“구예림 수사관.”

“호칭을 붙이는 것 자체가 조금 별로로군.”

이윽고, 구예림이 슬쩍 시선을 피하며 말을 이었다.

“그냥 이름으로 불러도 된다.”

“…….”

추이는 구예림의 이름을 부르려다 말고 입을 다물었다.

뭔가 분위기가 묘하게 흘러가는 것 같았다.

창밖으로는 밤이 깊어 가고 방 안에서는 등잔불이 어른거린다.

“…….”

“…….”

침대 위에 마주 보고 앉은 두 남녀는 서로 말이 없다.

그때.

저벅- 저벅- 저벅-

밖에서 의원이 걸어오는 발소리가 들렸다.

그러자 구예림이 화들짝 놀란 표정으로 일어났다.

“그, 그럼 오늘은 이만 물러가지. 내일 몸 상태를 봐서 함께 등천학관으로 귀환하자고.”

“…….”

추이는 대답 대신 천천히 고개를 끄덕였다.

말을 놓기로 했지만 새로운 말투에 적응해야 한다는 것 자체가 귀찮은 일이었다.

이윽고, 구예림은 문밖으로 나갔다.

우다다다다다—

복도의 마룻바닥 위로 그녀가 뛰어가는 발소리가 들려온다.

이 또한 평소와 달리 조심성 없는 걸음걸이였다.

'……별일이군.'

추이는 방문에서 시선을 뗐다.

그리고 단전 아래로 느껴지는 취구환의 내력을 느끼며 천천히 눈을 감았다.

오늘 밤은 운기조식을 하고, 내일 새벽에는 격전지로 돌아가서 숨겨 놓은 매화귀창을 찾아 와야겠다.

그리고 아침 무렵에는 등천학관으로 돌아갈 생각이었다.

'육혼(鬻渾)의 벽이 얼마 남지 않았다.'

이제는 본격적으로 천기단을 훔칠 차례였다.

꿈속.

폭우가 내린다.

요동치는 강물에 강둑이 무너져 내리고 있었다.

"...... ...."

호예양.

그녀는 늘 꾸던 악몽 속에 있었다.

몸이 용광로 속의 쇳덩이처럼 뜨겁다.

누군가가 무거운 것으로 짓누르는 듯 숨이 턱턱 막혀 온다.

쏴아아아아아아아……

억수같이 쏟아지는 비.

호예양은 물웅덩이에 비친 자신의 모습을 들여다보았다.

언제나 그렇듯, 화상으로 인해 흉측하게 변한 얼굴이 보인다.

검상과 화상으로 인해 가슴이 사라졌고 머리 역시도 빡빡 밀려 있어서 사람이 아니라 괴물처럼 보였다.

…푹!

어디선가 화살 한 대가 날아와 그녀의 어깨에 꽂혔다.

'그렇게 느려서야 나락의 살수들을 피할 수 있겠는고?'

어디선가 끌끌 웃는 목소리가 들려온다.

'늙어서 뒷방 퇴물이 되느니 이렇게 산보라도 해야지.'

한 노야(老爺)가 빗줄기 사이로 호예양을 내려다보며 조소를 보내고 있었다.

'……! ……! ……!'

꿈속의 호예양은 달렸다.

죽어라고 달리고 또 달렸다.

도망치고 도망치고 또 도망쳤다.

꿈속의 그녀는 부모도, 가문도 없었으며 아름답던 미모와 청춘마저도 모두 잃어버린 뒤였다.

이윽고, 휘몰아치는 폭풍우와 범람하는 강물이 호예양의 앞을 막아섰다.

뒤쫓아오던 노야가 웃었다.

'그곳에 뛰어들 수 있다면 더는 쫓지 않으마. 어떠냐? 이 나락노야가 하는 말은 믿어도 좋다.'

호예양은 이번에도 두 눈을 질끈 감았다.

뒤에 있는 노야와 맞닥뜨릴 바에는 눈앞에 있는 저 홍수에 집어삼켜지는 편이 더 나을 것이다.

'아버님, 어머님. 불초(不肖)한 딸년을 용서하여 주십시오.'

이윽고, 호예양은 언제나 반복되었던 그 대사를 내뱉고는 강물 속으로 몸을 던질 준비를 했다.

……바로 그 순간.

'이, 있을 수 없다. 이런 것은 있을 수 없어!'

노야가 갑자기 발작하기 시작했다.

그는 강둑 위에 홀연히 떠 있는 그림자 하나를 바라보며 덜덜 떨고 있었다.

'……?'

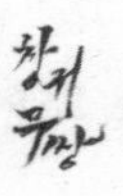

호예양은 그림자를 돌아보았다.

그림자는 묵묵히 비를 맞으며 이쪽을 내려다보고 있었다.

얼굴은 잘 보이지 않았지만 어째서인지 그가 자신과 눈을 맞추고 있다는 것을 알 수 있었다.

'복덩이 씨?'

호예양은 자신도 모르게 한 사람의 얼굴을 머릿속에 그렸다.

바로 그 순간.

강둑 저편에 있던 노야가 으르렁거리듯 입을 열었다.

'……저승길이 험할 것 같으니 혼자서는 못 가겠고.'

노야의 두 눈에서 시커먼 어둠이 폭사되었다.

'우리 길동무나 하세.'

이윽고, 노야가 허공으로 뛰어오른다.

지금껏 호예양을 공포에 떨게 만들었던 무시무시한 기운을 뿜어내면서.

바로 그 순간.

번―쩍!

그림자가 창을 내뻗었다.

밝은 빛. 어둠을 살라먹으며 허공을 꿰뚫어 달리는.

온 세상의 밤을 걷어내 버릴 정도로 밝고 찬란한 섬광 한 줄기가 노야의 몸을 꿰뚫어 버렸다.

그와 동시에, 호예양은 눈을 떴다.

"……헉!?"

고개를 드니 익숙한 천장이다.

잠옷은 벌써 찢어져 버렸고 몸은 식은땀으로 흠뻑 젖어 있었다.

평소대로였다면 찝찝하고 불쾌한 기분이었겠지만…… 이번의 그녀는 뭔가 달랐다.

"……."

호예양은 손을 들어 올려 한쪽 가슴을 꾹 내리눌렀다.

본능적으로 직감할 수 있었다.

이것이 자신을 그토록 괴롭혀 오던 악몽의 마지막이라는 것을.

그리고 동시에, 그녀는 머릿속에 떠올렸다.

자신의 오랜 악몽을 종식시켜 준 이의 얼굴을.

어느덧 그리운 호칭이 된 이름을.

'잘 가.'

'잘 있어.'

……그리고 처음이자 마지막으로 했던 입맞춤을.

"부교관니이이이이이임!"

추이는 관사로 돌아오자마자 영아의 격한 환영식을 받았

다.

대뜸 안겨서 가슴팍에 얼굴을 부비적대는 영아를 추이는 조용히 밀어냈다.

"임무 중에 많이 다치셨다고 들었어요. 괜찮으세요? 어쩜, 얼굴이 많이 상하신 것 같아요."

"얼굴은 원래 이랬다."

"아이 참, 야위셨다구요! 볼이 아주 쏙 들어가셨네. 제가 보양식이라도 좀 만들어 올까요?"

"괜찮다. 학장이 한 달 동안 유급휴가를 주었으니까."

추이는 뭔가 해 주고 싶어 안달 내던 영아를 몇 번의 시도 끝에 돌려보냈다.

이윽고.

…푸드득!

창문을 통해 전서구 한 마리가 날아들었다.

등천학관 바깥에 있는 견술이 보낸 편지였다.

'이 녀석. 요즘 연락이 잘 안 되는군.'

추이는 편지를 열며 미간을 찡그렸다.

아니나 다를까, 편지는 첫마디부터 변명으로 시작하고 있었다.

안녕 예쁜이? 내가 요즘 공사가 너무 다망해. 하는 일마다 다 망해서 그런가. 아무튼 한동안 얼굴 보고 얘기하기는 좀 힘들 것 같아. 그래도 너무 화내지는 마. 이렇게 꼬박꼬박 편지 띄우잖아? 뭐니뭐니해도 내 본업은 우리 예쁜이 따라다니면서 관음하는 것이라는 사실을 잊지 말아 달라구.

그 뒤로는 관심 없는 신변잡기들이 한동안 이어졌다.

추이는 견술의 근황 같은 것들에는 관심이 없었기에 말미의 본론만 읽기로 했다.

참. 알아보라고 한 것 말인데, 열심히 알아본다고 했는데도 얻을 수 있는 정보가 별로 없더라. 그래도 일단 찾아낸 정보만이라도 동봉할게.

견술의 편지를 요약하자면 다음과 같았다.

一. 견술은 등천학관의 기밀을 빼내어 귀곡학당으로 팔아넘기던 중간 정보상인 몇몇을 족쳤다.

二. 그 과정에서 귀곡학당의 학장을 맡고 있는 귀곡자(鬼谷子)의 주의를 끌었다.

三. 귀곡자의 정확한 정체는 불명, 다만 그는 천기자가 만든 천기단에 관심이 많다.

추이는 턱을 짚었다.

'귀곡자라…….'

귀곡자는 천기자와 비슷하되, 전혀 다른 인물이다.

천기를 엿보는 능력은 천기자가 가진 것과 거의 동일하지만 성격만은 정반대랄까.

또한 그는 사도련 최고의 교육기관인 '귀곡학당(鬼谷學堂)'의 학장으로 있는 인물로 사파의 후기지수들을 길러 내는 거물이기도 했다.

무림맹 등천학관의 초대 학장이 천기자였던 것을 감안한다면 이 역시도 정반대적인 면모로 볼 수 있겠다.

'아무튼. 그 귀곡자 또한 천기단을 노리고 있다는 말이로군.'

천기자가 만든 천하제일영약 '천기단(天機丹)'.

그것은 심간위폐비(心肝肾肺脾)의 오장지기(五脏之气)를 대폭 강화시킨다.

일개 범부가 먹는다면 두 갑자에 이르는 세월 동안 무병장수가 가능한 정도이지만 만약 내공을 쌓을 줄 아는 무림인이 먹는다면 그 효과는 극적으로 배가된다.

삼류무인도 하루아침에 오기조원(五气朝元)의 경지에 이르게 되는 것이다.

수많은 내단가들이 한평생 연기법문(炼气法门)과 오제공능(五帝功能)을 연구해도 닿을까 말까 한 경지를 일순간에 깨칠 수 있는 극적인 비약.

추이는 회귀하기 전의 과거를 떠올렸다.

세 번째 천기단은 습격으로 인해 유실되었으나 첫 번째 천기단과 두 번째 천기단은 제 주인을 찾았었다.

추이는 과거 무림혈사가 일어났을 때 두 알의 천기단을 쪼개어 나눠 먹고 혈교와 싸웠던 정도(定道)의 다섯 영웅들을 떠올렸다.

'……소림의 흑제(黑帝)는 임계수덕(壬癸水德) 중 일기(一气)의 경지에 이르렀고, 무당의 적제(赤帝)는 병정화덕(丙丁火德) 중 이기(二气)의 경지에 이르렀고, 청성의 청제(青帝)는 갑을목덕(甲乙木德) 중 삼기(三气)의 경지에 이르렀고, 개방의 백제(白帝)는 경신금덕(庚辛金德) 중 사기(四气)의 경지에 이르렀고, 아미의 황제(黃帝)는 무기토덕(戊己土德) 중 오기(五气)의 경지에 이르렀다. 이들 전부가 삼화취정(三花聚顶)의 경지를 단박에 깨쳤으니, 나는 어디까지 깨달을 수 있을 것인가?'

추이는 천궁내원(天宫内院)의 한복판에 자리 잡고 있는 창귀들을 떠올리며 생각했다.

천기단을 먹었을 경우 자신의 상태가 어떻게 될지는 얼추 짐작만 가능할 뿐이다.

'정(顶)은 곧 정(鼎)이라…… 아마도 성명(圣明)의 옛 경계를 넘어 탈태환골(脱胎换骨)까지는 갈 수 있겠지. 어쩌면 반박귀진의 경지에 올라서게 될지도 모른다.'

죽어가던 홍공이 마지막까지 미련을 보이던 것이 바로 이 천기단이다.

그러니 뭐가 되었든 간에 육혼의 관문을 넘어 제일 층계까지는 도달할 수 있을 것이 분명하다.

추이는 그렇게 확신하고 있었다.

'그렇다면 문제는, 그 천기단을 어떻게 손에 넣는가인데.'

추이는 지금껏 등천학관 내에서 은밀하게 수집한 정보들을 재취합해 보았다.

천기단은 무림맹 본단의 어딘가에 한 알, 소림사 본당 대웅전의 지하에 한 알, 그리고 등천학관 어딘가에 한 알, 총 세 알이 존재한다.

'……전생에 등천학관의 약재 보관소가 습격을 당해 전소된 적이 있었지. 세 번째 천기단이 그때 유실되었다고 들었다.'

추이는 천기단이 어디에 존재하는지 어느 정도는 알고 있었다.

다만 문제는 그 장소까지 들어가는 방법이었다.

이윽고.

…바스락!

추이는 견술이 편지에 남긴 마지막 내용을 읽어 내렸다.

四. 천기단의 유지 및 보수는 '사천당가'에서 전담한다.

사천당가(四川唐家).

이 네 글자를 본 추이의 눈에 묘한 이채가 어렸다.

추이 역시도 이에 대해 조사했던 바 있었다.

천기자가 남긴 천기단은 그 효과가 어마어마한 만큼 관리와 보관 역시도 상상을 초월할 정도로 어려웠다.

내단 안쪽이 공기에 닿으면 바로 산화되어 버리기에 항상 겉칠을 새로 해 줘야 했으며, 단약 안에 갇혀 있는 내기(內氣)들끼리 서로 뒤엉켜 소진되는 만큼의 분량을 다시 채워 줘야 하는 것은 물론, 습도에도 극히 예민하여 조금만 건조해도 칠이 바스라졌고, 조금만 습해도 곰팡이가 피어난다.

아주 작은 소리로 인한 진동에도 재료들 간의 조화에 균열이 생길 수 있으며, 빛에 의해서 염료나 재료의 성분이 변할 수도 있기에 보관 환경의 소리와 광량(光量)에도 신경을 써야 한다.

심지어 이 환약은 주변에 있는 사람들이 내뿜는 기운에도 영향을 받아서, 악인이 건드렸을 때와 선인이 건드렸을 때의 효과가 다르게 나타나기도 한다.

'……그래서 이 단약은 정기적으로 사천당가의 관리를 받고 있다 이거지.'

사천당가는 독(毒)과 약(藥)으로 정평이 난 가문이자 정도십오주의 일원.

그래서 사 년에 한 번씩 등천학관으로 파견단을 보내어 천

기단을 유지, 보수하는 중책을 맡고 있는 것이다.

말하자면 천기단을 가장 가까이서 오래 접할 수 있는 가문이라는 뜻.

'그리고 사천당가라 하면 묘족말살사건(苗族抹殺事件)과 연관이 깊은 가문이기도 하다.'

추이는 종종 꿈속에서 보았던 환상, 유년시절의 기억에 대해 떠올렸다.

'출탁록기, 등장백산, 해동귀환.'

어두운 숲속, 붉은 도깨비 가면을 쓴 이들이 몸을 흔들며 외치던 말들이 귓가에 아스라이 부서진다.

"……."

추이는 견술의 편지를 벽난로 속 화톳불에 집어넣었다.

이제는 기억도 잘 나지 않는 혈족들.

그들에 대한 의리는 딱히 없다.

따라서 굳이 억지로, 계획을 비틀어 가면서 복수를 할 생각도 없었다.

'하지만 겸사겸사라면 상관없겠지.'

추이는 사천당가를 방문할 계획을 세우고 있었다.

'……다만, 그 전에 준비할 것 하나가 있다.'

추이는 등천학관에서 준 한 달간의 유급휴가 동안 사천당가를 찾아갈 것이다.

그리고 천기단이라는 소기의 목적을 달성함과 동시에 밀

린 혈채(血債)를 받아 낼 것이다.

……그 과정을 위해서는 새로운 신분 하나가 필요했다.

'얼굴 하나를 더 제작해야겠군.'

서문경의 것 말고, 새로운 면구를 만들 것이다.

그것은 예전에 추이가 직접 이 세상에서 지워 버렸던 얼굴들 중 하나가 될 예정이었다.

사백정(巳白丁) 당삼랑.

사천당가에서 내쳐졌었던 망나니 말이다.

한 달간의 유급휴가.

등천학관의 학장 당결하는 임무 중 큰 부상을 입은 서문경 부교관에게 한동안의 휴식을 허락했다.

추이는 그 한 달의 시간 동안 사천당가를 찾아가 볼 생각이었다.

'그 전에 새로운 얼굴을 준비해야겠지.'

추이는 그 길로 등천학관을 나와 길을 떠났다.

호북(湖北).

무림맹이 있는 하남과 당가가 있는 사천의 사이, 한때 추이가 패도회를 절멸시켰던 곳.

추이는 지금은 사라지고 없는 패도회의 옛 장원터를 지났

다.

그곳에는 여전히 불타다 만 전각들이 늘어져 있다.

담장은 무너진 채 잡초에 뒤덮여 있어서 예전의 위세 넘치던 광경은 간 곳이 없었다.

화무십일홍(花無十日紅). 상전벽해(桑田碧海).

위세는 영원하지 않고 세상은 덧없이 변화한다.

폐허로 변해 버린 패도회의 장원을 뒤로한 채, 추이는 계속해서 발걸음을 옮겼다.

산을 넘고 물을 건너, 추이는 어느 한적한 시골 마을에 도착했다.

그중에서도 가장 외진 곳에 있는 한 초가집 앞에서 추이는 발걸음을 멈추었다.

"……."

거뭇거뭇한 화전들이 넓게 깔린 너머로 산맥들이 병풍처럼 늘어져 있다.

짚을 엮어 만든 지붕과 돌을 쌓아 만든 울타리, 거칠게 베어 낸 통나무에서 삐걱거리는 사립문.

추이는 그 문을 지나 좁은 안마당으로 들어섰다.

"콜록- 콜록- 콜록-"

사랑채 안쪽의 방에서 웬 노인의 기침 소리가 들려온다.

이윽고, 방문이 열리며 한 노인이 비척비척 걸어 나왔다.

"뉘슈?"

병색이 완연해 보이는 초로의 노인.

비쩍 마른 몸에 굽은 등, 긴 수염이 거의 바닥까지 닿을 정도다.

그는 잔기침을 하며 툇마루에 걸터앉았다.

그러고는 마루와 벽 등등에 걸려 있는 말린 약초 다발들을 가리키며 말했다.

"데친 당귀(當歸)는 저기 흙벽에 걸어 뒀고, 박하(薄荷)는 저기 망태에 담아 놨소. 방풍(防風)은 삼태기에 있는 걸 손녀년이 손질만 하면 되우. 가져가시구려."

노인은 추이를 향해 손을 휘적휘적 젓는다.

아마 오늘 오기로 했던 약초상과 헷갈린 듯하다.

추이는 노인의 말을 무시하고는 마당 안쪽으로 성큼성큼 걸어들어왔다.

"면구(面具)를 만들러 왔다."

"면구?"

추이의 말을 들은 노인은 뭔 헛소리냐는 듯 고개를 갸웃한다.

그러고는 대수롭지 않다는 듯 발걸음을 돌려 방으로 들어간다.

"젊은 사람이 뭔 흰소리를 하나 모르겠구먼."

"바쁘다."

"바쁘고 뭐고, 약초꾼 집에 와서 뭔 면구 타령……."

노인이 고개를 돌리는 순간, 그의 눈이 찢어질 듯 커졌다.

추이는 어느새 부엌에서 큼지막한 장작 하나를 꺼내 들고 있었던 것이다.

끝에 불이 붙어 활활 타고 있는 장작이 서까래 밑까지 들이밀어졌다.

그런 상황 속에서, 추이는 짧게 첨언했다.

"빨리 면구를 만들어라, 천면자(千面者)."

"……!"

천면자라 불린 노인의 눈이 별안간 다시 가늘어졌다.

맨 처음 놀란 표정은 연기였지만 지금 저 표정은 진짜라는 것을 추이는 알고 있었다.

"면구를 만들어 주지 않겠다면 부득이하게 손녀를 찾아갈 수밖에 없다."

"……내 손녀는 찾아가서 무얼 하려고?"

"듣자 하니 손녀의 실력이 할아비의 실력보다 낫다고 하던데. 그쪽에 부탁해 봐야지."

"허허허-"

그 말에 노인이 너털웃음을 터트렸다.

천면자. 그가 백의 안으로 들여다보이는 깡마른 몸을 움직이며 물었다.

"협박하는 겐가?"

"협박이 아니야. 의뢰일 뿐이다."

"여긴 어떻게 알고 왔어?"

"……."

추이는 대답 대신 한쪽 손가락을 까닥 움직였다.

<u>ㅊㅊㅊㅊㅊㅊㅊㅊㅊ</u>……

이윽고, 흙벽에 걸려 있던 호미와 쇠스랑, 낫들이 죄다 검붉은 녹에 뒤덮여 바스러지기 시작했다.

나락설태(奈落舌苔).

나락곡의 최심층부 '나락의 혓바닥'에서만 자생한다는 이끼 형태의 영물.

그것이 한번 포자를 뿌리자 초옥 속에 존재하는 모든 유기물, 무기물들이 한꺼번에 부식되기 시작했다.

천면자의 목소리가 떨렸다.

"그, 그건 노야(老爺)의 신물…… 어째서……?"

나락노야가 애지중지하던 비밀병기가 어째서 새파란 젊은이의 손에 있는지 모르겠다는 태도.

"혹시 곡주께서는 최근에 반로환동을 하신 게……?"

"그럴 리가. 죽이고 빼앗았다."

"그럴 리가. 그게 더 그럴 리가인데……."

천면자는 혼란스럽다는 듯한 반응이다.

그러거나 말거나, 추이는 자연스럽게 걸어와 툇마루에 걸터앉았다.

"당신은 노야에게 원한이 있는 것으로 안다."

"그야 그렇……지. 이거 이렇게 말해도 되는 것인가 모르겠군."

"아내, 아들, 며느리가 나락곡의 살수들에게 죽었다지?"

"초면에 그렇게 상처를 헤집기 있나?"

"노야에게 들었다. 당신의 면구 제작술을 죽기 직전까지 탐내더군."

"곡주가 그랬소? 거 참. 말년의 말년까지 질기구려. 내가 사는 곳은 어떻게 알았는지 또……."

천면자는 소름이 끼친다는 듯 몸을 한번 파르르 떨었다.

그러고는 은근슬쩍 물었다.

"어떤 면구를 찾으시오?"

"가져온 게 있다."

추이는 마루 위로 천 조각 하나를 던졌다.

천을 조심스럽게 펴 본 천면자의 표정이 묘하게 변했다.

"사람 얼굴 가죽이로군. 보존이 꽤 잘됐는데?"

"벗겨 낸 지는 꽤 됐어."

오뚝한 콧날에 흰 피부, 뱀처럼 찢어진 눈.

그것은 사백정 당삼랑의 가죽이었다.

얼마 전, 추이는 적향에게서 받은 서신에 동봉되어 있던 당삼랑의 얼굴 가죽을 손에 넣었다.

편지에는 당삼랑의 과거 행적, 평소 습관, 취향, 말투, 걸음걸이 등에 대해서도 자세히 적혀 있었다.

전부 다 사채의 수적들이 증언했던 바를 토대로 면밀히 재구성한 정보들이었다.

살수 시절 변장과 잠입을 밥 먹듯이 했었던 추이에게 있어서 당삼랑으로 변장하는 것쯤은 식은 죽 먹기다.

……다만, 당삼랑의 얼굴을 그대로 재현한 면구를 만드는 것은 조금 다른 문제였다.

추이가 만들 수 있는 면구는 타인의 이목구비를 정밀하게 재현해 낼 수 없을뿐더러 뜨거운 물이나 증기에도 약하다.

그래서 지금 덮어쓰고 있는 서문경의 얼굴을 만들었을 때도 화상에 일그러진 모양으로 만들어서 어색함을 자연스럽게 숨길 수 있었다.

"천면자의 면구 제작술은 천하일절이라고 들었다. 이것으로 인피면구를 만들어 주었으면 한다."

"으으음…… 노야를 처치해 준 사람의 부탁이니 계속 발뺌할 수도 없고……."

천면자는 고개를 이리기웃 저리기웃 한다.

한참을 그러더니 이내 밤하늘을 올려다보며 턱을 까닥거린다.

"……."

"……."

두 남자 사이에는 기나긴 침묵이 흐른다.

밤하늘을 한동안 들여다보던 천면자가 이내 무릎을 탁 쳤

다.

“좋아. 만들어 드리지. 은퇴한 뒷방 늙은이의 솜씨라도 괜찮다면야.”

“얼마나 걸리나?”

“달포는 걸리겠지.”

“사흘. 그 안에 해.”

“대라신선이 와도 그 시간에는 못 해.”

“바쁘다고 했다. 나흘 주지.”

“허 참…….”

말이 안 통하는 추이의 모습에 천면자는 수염을 쓰다듬을 뿐이다.

이윽고, 그는 은근한 목소리로 추이에게 말했다.

“나흘 안에 만들어야 하면 단가가 꽤 올라가는데. 괜찮겠어?”

“얼마를 원하나?”

“낼 수 있기는 하고?”

“원하는 만큼을 말해.”

“돈은 필요 없고. 다른 걸 원하네만.”

“…….”

추이는 표정을 찡그렸다.

나락노야의 창귀에게서 얻어 낸 정보에 의하면 천면자는 기인 중의 기인이다.

잠깐이기는 하지만 한때 천기자와도 동문수학했다는 별종.

면구를 만드는 능력 외에도 사람의 관상을 보거나 별점을 치는 데에 용하다나?

이런 기인이사들은 돈으로 회유하기가 어렵다.

필시 무언가 요상한 대가를 요구할 터.

"원하는 것이 무어냐?"

추이가 물었다.

그러자 천면자가 비죽 웃으며 말했다.

"여치(呂雉)에 대해 아는가?"

"……?"

추이의 미간이 찡그려졌다.

하지만 그럼에도 불구하고 천면자는 계속해서 말을 이었다.

"고후(高后) 말이야. 한고조 유방의 아내."

"선문답은 별로 좋아하지 않는다. 원하는 바를 말해."

"지금 말하고 있지 않나. 원래 늙은이들은 말이 조금 장황해."

천면자는 껄껄 웃고는 다시 몇 번의 마른기침을 이었다.

"한고조 유방은 말이야, 원래 보잘것없는 한량 파락호였다네. 반면 여치는 대단히 부유한 집안의 금지옥엽이었지. 이 둘이 어떻게 혼인하게 되었는지 아나?"

"모른다."

"여치의 아비 여공(呂公)이 적극적으로 나섰기 때문이라네. 여공은 부잣집 대감이었는데, 어느 날 마을을 지나가다가 유방의 얼굴을 보고는 그가 크게 될 상임을 알아보고 바로 자기 딸을 준 게야. 그래서 하잘것없는 한량과 부잣집 규수가 어이없게도 백년가약을 맺은 게지. 재미있지 않나? 딱 관상만 보고 말이야. 으응?"

"……."

추이의 표정이 굳었다.

천면자의 눈에서는 이제 반짝거리는 생기가 뿜어져 나오고 있었다.

"인피면구를 만들어 주는 대가는 간단해. 자네가 내 손녀사위가 되어 주게. 그렇다면 딱 나흘 안에 만족할 만한 물건을 만들어 주지. 어떤가?"

"불가능하다. 원하는 액수를 말해."

"돈쯤은 내게도 많아. 그런 것이야 원한다면 언제든지 손에 쥘 수 있는 것이지. 하지만, 손녀사위는 달라. 안 그런가?"

천면자는 눈앞에 있는 추이를 가만히 들여다보았다.

그러고는 은근한 목소리로 말했다.

"……천살성을 타고났으나 삼원(三垣)의 오색운이 그 뒤를 받치고 황도대(黃道帶)의 모든 것들이 그 눈치를 보고 있어.

‘동방 청룡’의 각수(角宿), 항수(亢宿), 저수(氐宿), 방수(房宿), 심수(心宿), 미수(尾宿), 기수(箕宿). ‘북방 현무’의 두수(斗宿), 우수(牛宿), 여수(女宿), 허수(虛宿), 위수(危宿), 실수(室宿), 벽수(壁宿). ‘서방 백호’의 규수(奎宿), 누수(婁宿), 위수(胃宿), 묘수(昴宿), 필수(畢宿), 자수(觜宿), 삼수(參宿). ‘남방 주작’의 정수(井宿), 귀수(鬼宿) 유수(柳宿), 성수(星宿), 장수(張宿), 익수(翼宿) 진수(軫宿). 모든 것들이 귀인의 눈치를 보고 있군.”

천면자의 목소리는 점점 더 뜨거워져만 간다.

“이제야 한고조에게 딸을 억지로 주다시피 했던 여공의 마음을 알겠어. 할애비 입장에서 이런 말 하기는 좀 뭣하지만, 내 손녀가 어디 가서 인물이 빠지는 편은 아닐세. 객관적으로 따져 봐도 무림에서 유명세를 떨치는 화봉(花鳳)들보다도 훨씬 나아.”

“싫다.”

“그럼 아이라도 낳게 해 주게. 그대의 관상을 보니 후손의 기운이 더 좋군. 장차 엄청난 걸물이 될 게야.”

“…….”

추이는 회귀한 이래 처음으로 두통을 느꼈다.

혼인이라니.

그리고 아이라니.

이는 전생에서도 없었던 일이고 현생에서도 생각해 본 적 없었던 일이다.

가정을 꾸리겠다는 생각 자체를 해 본 적이 없는데 어찌 아이를 낳을 생각을 했겠나.

하지만 그러거나 말거나, 천면자는 히죽이죽 웃고 있었다.

"그럼 승낙한 것으로 알고, 면구 제작 들어가겠네?"

바로 그 순간.

…콰쾅!

사립문이 부서질 듯 열리며 누군가가 마당으로 뛰어들었다.

"할아버지! 그게 무슨 소리야!"

이제 막 약관이나 되었을까 싶은 처녀 하나가 씩씩거리며 걸어왔다.

나방의 더듬이처럼 짙고 풍성한 눈썹, 호수처럼 큰 눈과 오똑한 콧날, 여우처럼 휘어진 눈꼬리가 인상적인 미녀였다.

천아정.

그녀는 조부의 말을 엿들은 모양인지 잔뜩 화가 나 있었다.

"할아버지! 어떻게 나를 이런 못생긴 남자한테 보내려고 해! 나 얼빠인 거 몰라!?"

"얼빠가 뭐냐?"

"얼굴만 빠는 여자! 나는 남자 얼굴 본단 말야!"

천아정은 툇마루에 앉아 있는 추이의 얼굴을 보며 울상을 지었다.

"나는 저렇게 못생긴 사람이랑은 절대 혼인 못 해!"
현재 추이는 서문경의 얼굴로 위장하고 있는 상태다.
당연히 얼굴 피부에 화상 자국이 눌어붙어 있어서 보기에는 다소 거북한 감이 있었다.
천면자의 얼굴에도 당혹스러운 기색이 역력했다.
"얘야. 여기 이 사내는 장차 큰 인물이 될 상……."
"큰 인물이 될 상이 아니라 못생긴 상이잖아! 나는 기생오래비 상이 좋다고!"
"허 참. 아랫마을의 그 오입쟁이 놈처럼 말이냐?"
"그 오라버니도 그럭저럭 괜찮게 생기긴 했지. 내 기준에는 살짝 못 미치지만, 아슬아슬하게 가(可) 랄까? 근데 도무지 얘기할 기회가 없었어서……."
"정신 차려라. 아랫마을에 그놈 애 밴 처녀만 열다섯 명이야."
"나는 열여섯 번째가 되어도 좋으니까 잘생긴 남자랑 혼인하고 싶어."
천아정은 엄청나게 뜨겁고 강한 신념을 가지고 있었다.
"나는 진짜 남자 얼굴 말고는 아무것도 안 봐. 바람을 피워도 좋고, 돈 뜯어가도 좋고, 도박 중독이어도 좋고, 그러다 징역살이를 해도 좋고, 심지어 나를 패도 좋아. 얼굴만 잘생기면 돼. 얼굴 잘생긴 게 최고야."
"이런 정신 빠진…… 사내놈 얼굴 뜯어먹고 살래?"

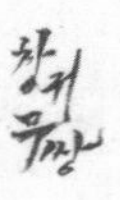

"할아버지는 실제로 얼굴 뜯어먹고 살았잖아."

"……."

손녀의 대꾸를 들은 천면자가 손으로 자신의 이마를 짚는다.

어째 병색이 더욱 완연해진 듯한 모습이었다.

"내가 한평생 면구만 제작하면서 살아서 그런가…… 어찌 된 것이 저렇게 얼굴만 밝히니……."

천면자는 난감하다는 듯 고개를 돌려 추이를 바라보았다.

"약속은 했으니 면구는 만들어 주겠다만…… 손녀가 도와주지 않으면 나흘 안에는 힘들 게야."

"저는 잘생긴 남자만 도와드려요."

천아정이 천면자의 말을 받으며 추이를 돌아보았다.

그녀의 시선에는 노골적인 귀찮음과 무시가 깃들어 있었다.

"잘생긴 남자였다면 날밤을 새워서라도 만들어 줬겠는데…… 그쪽에게는 굳이 그래야 할 필요를 못 느끼겠네요."

"어떻게 하면 도움을 받을 수 있지?"

추이가 묻자 천아정은 딴청을 피우며 생각했다.

"일단 할아버지가 의뢰를 받으셨으니 기본적인 것들은 해드릴 거예요. 구해 오라고 하는 약초들만 구해 오세요."

"뭘 구해 오면 되나?"

"우선 쇄양(鎖陽). 굵고 크고 단단할수록 좋고 빨간색이어야 해요. 그리고 흑삼릉(黑三棱). 외피를 벗겨서 오시고 황백색인 걸 골라 오세요. 다음은 저령(猪苓). 반쯤 목질화된 걸로 골라 오시고 색은 상관없어요. 또 파극천(巴戟天)도 필요한데. 단면이 황백색인 것만 쓸 수 있어요. 그리고 천남성(天南星)이랑 절패모(浙貝母)랑 장근정회구(長根靜灰球)랑 삼백초(三白草)랑……."

기다렸다는 듯 온갖 재료들을 읊는 천아정.

귀찮다는 듯 짓고 있는 표정에서 그녀의 생각이 빤히 들여다보인다.

'구해 올 수 있으면 구해 와 봐라. 능숙한 약초꾼이 십 년을 찾아도 다 못 모을 양이다.'

이윽고, 한참이나 재료들을 읊던 천아정이 말을 끝맺었다.

"이 재료들을 다 모아 올 수 있으면 나흘 안에 면구를 만들어 드릴게요. 어차피 이 재료들 없으면 애초에 면구를 못 제작하는 건 아시죠?"

"이년아. 그걸 어느 세월에 다 모아 오누……."

오죽했으면 옆에 있던 천면자가 손녀딸을 말릴 정도였다.

하지만.

"내일 다시 오지."

추이는 담담한 태도로 마루에서 일어나 사립문 밖으로 나갔다.

"흥."

천아정은 문밖으로 나가는 추이에게 시선도 주지 않았다.

그녀는 잘생기지 않은 남자에게는 쌀알 반쪽만큼의 관심도 없었기 때문이다.

천아정.

그녀는 오늘도 산을 돌아다니며 여러 종류의 약초를 캐 모으고 있었다.

"찾았다! 춘침향(春沈香)!"

천아정은 조부인 천태경보다도 약초에 대해 더 해박했다.

처음에는 조부의 잔병치레를 돕기 위해 공부하던 것이 어느덧 달인의 경지까지 이른 것이다.

천아정은 교목의 껍질을 베어 낸 뒤 그것을 삼태기 안에 잘 넣어 놓았다.

이윽고, 그녀는 모닥불 위에 걸어 놓은 작은 솥 속에 나무껍질들을 넣고 삶았다.

치이이익……

약재의 부스러기들은 모닥불에 닿아 독특한 향기를 내뿜는다.

수액이 기름 모양으로 끓어오르는 것을 본 천아정은 천천히 고개를 끄덕였다.

"질 좋은 놈으로만 잘 골랐네. 역시 나야."

그녀는 반침반부(半沈半浮)하는 나무껍질들 중에서 아래로 가라앉은 것들만을 추렸다.

그러고는 그것들을 흰 천에 곱게 싼 뒤 다시 삼태기 안에 넣었다.

"오늘은 이걸로 끝."

이 약재들이라면 잔기침에 좋은 보약을 달일 수 있다.

"……저번 겨울은 유난히도 길고 혹독했었지."

그렇기에 그녀는 조부의 몸을 조금이라도 더 위해 주고 싶었다.

그래서 힘이 닿는 데까지 산을 뒤지며 노환에 좋은 약재들을 캐고 있는 것이다.

이윽고, 그녀는 산기슭을 내려와 집으로 향했다.

한 시진 정도 걷다 보니 마을 입구 어귀가 보인다.

그때, 천아정은 마을 입구에 서 있는 화려한 마차를 보았다.

"……!"

그것을 보자마자 천아정의 표정은 소태를 씹은 것처럼 찌푸려진다.

화려한 마차 앞에 서 있는 한 남자의 얼굴을 보았기 때문이다.

"천 소저!"

그의 이름은 왕융. 이 일대에서 부유하기로 이름난 포목상의 자제였다.

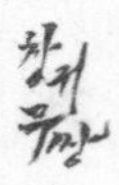

왕융은 또한 천아정의 아름다운 미모에 반해 몇 년이나 쫓아다니고 있는 것으로도 유명했다.

"어딜 갔다가 이제 왔소! 내가 약초 같은 거 캐고 다니지 말라니까! 이 고운 손이 다 거칠어졌잖소! 내 이번 상행에서 좋은 분을 가져왔으니 얼굴 말고 손에도 좀 바르시구려."

마음만 먹으면 이 일대의 모든 전답들을 죄다 사 버릴 수 있을 정도의 부자.

하지만 그런 왕융의 친절에도 불구하고 천아정의 반응은 냉랭했다.

"이거 주려고 오신 거예요? 그 먼 길을?"

"그렇소! 내 천 소저의 손을 지킬 수만 있다면 거리가 문제겠소?"

가슴을 탕탕 치며 콧김을 뿜어내는 왕융.

모든 여인네들이 가지고 싶어 하는 서역(西域)의 분가루를 가져온 그의 위세는 실로 당당하다.

몸에 걸치고 있는 값비싼 옷, 천금의 가치가 있는 명마가 끄는 화려한 수레, 반한 여자에게 선물할 고가의 사치품들.

……하지만 이 모든 것들은 천아정의 눈에 들어오지 않았다.

그녀의 눈에 보이고 있는 것은 왕융의 좁쌀만 한 눈, 주먹처럼 생긴 코, 메기의 것처럼 두툼한 입술, 깊은 팔자주름과 투덕투덕 늘어진 볼살뿐이었으니까.

이윽고. 천아정은 싸늘한 목소리로 대답했다.

"분은 됐어요. 저는 약초를 캐는 제 거친 손이 자랑스러워요."

"아니, 그런 뜻이 아니라…… 아무튼 이건 대가를 바라고 주는 것이 아니고 순수한 선물이고…… 그냥 받고 기뻐만 해줘도 내 마음이 흡족……."

"제가 순수하지 않고, 기쁘지도 않아서 그래요. 저는 못생긴 남자는 아무리 돈이 많아도 별로라서."

냉정하게 딱 잘라 말하는 천아정의 목소리에 왕융은 충격을 받은 듯 주저앉는다.

한편. 그 광경을 본 마을 사람들은 저희들끼리 수군거리기에 여념이 없었다.

"어이고, 저 봐라. 저 녀석 저거 또 주제파악 못하고 남자 가리네. 왕 공자가 어디가 어때서."

"뭐 어때요. 아정이 정도 미모면 충분히 그럴 만하지."

"저번에도 산 건너 장사 하나가 황소 아홉 마리를 끌고 왔는데 퇴짜를 놨담서?"

"그뿐이야? 저 아래 현의 둘째아들이 관첩까지 싸들고 왔는데도 쫓겨났잖아."

"몸이 좋거나 지위가 높은 남자보다는 얼굴 미끈한 남자가 취향이랬던가?"

"허허- 남자가 자고로 풍채 좋고, 돈 많고, 권력 있으면

장땡이지 뭘 얼굴 뜯어먹고 살 것도 아니고.”

“그래도 신념이 확고한 것은 좋네요.”

“그래 맞어. 아정이가 누구한테 피해 준 것은 없잖어. 그냥 지 취향이라는데 뭘. 효심도 지극하고.”

“어이구, 천하를 다 뒤져 봐라. 저 계집애 취향 만족시켜 줄 만한 미남이 있나. 쟤가 을메나 까다로운데~ 내가 걱정돼서 하는 말이야 증말.”

천아정의 얼굴 편력은 이미 유명한 것이었다.

지금까지 그녀의 미모에 반해 구애해 온 남자들만 해도 부지기수요, 그중에 돈이 많거나 지위가 높거나 힘이 센 이들도 몇 수레는 되었을 것이다.

하지만 이런 구혼자들의 공세에도 불구하고 천아정의 신념은 굳건했다.

‘나는 남자한테 아무것도 기대 안 해. 얼굴. 딱 그거 하나야.’

키, 체격, 지위, 권력, 신분, 재물, 성격, 집안, 사주팔자까지, 그 무엇도 따지지 않는다.

그녀는 철저한 얼굴파였다.

‘못생긴 남자랑 결혼할 바에는 차라리 평생 혼자 살면서 할아버지 수발이나 들래. 그리고 할아버지가 돌아가시고 난 뒤에는 비구니가 되겠어.’

천아정은 진심이었다.

그녀의 맑은 두 눈에서 뿜어져 나오는 광기에 가까운 신념.

그 앞에서는 그 누구도 허튼 훈수를 둘 수 없다.

그러니 마을 사람들도 이렇게 뒤에서만 중얼거리고 있는 것이리라.

그리고 사실 그녀가 다른 면에서 유별나게 구는 것은 딱히 없기도 했다.

천아정은 평소 마을 아이들과 잘 놀아 주었고, 연장자들에게 늘 깍듯했으며, 동네에 궂은일이 있으면 싫은 소리 하나 없이 발 벗고 나서는 성격이었다.

온 동네 사람들 모두가 아플 때 약초꾼인 그녀의 도움을 한 번씩은 받았던 터다.

그래서 이 동네에서 천아정을 진심으로 나쁘게 보는 사람은 단 한 사람도 없었다.

걱정과 훈수를 두는 노인네들은 있을지언정 말이다.

"야 이년아! 그러지 말고 그냥 우리 둘째나 만나라니까! 우리 아들이 힘이 얼마나 좋은데? 이번에 무과에도 급제했잖아! 걔가 너한테 잘 보이려고 죽어라 공부하던 거 생각하면 어!? 내가 너 우리 집으로 들어온다고 하면 가산 반절 뚝 떼 줄게! 아니다! 그냥 다 가져가! 소도 죄다 끌고 가 그냥!"

"만식 오라버니요? 만식 오라버니는 몸만 커다랗고 얼굴이 우락부락해서 싫어요! 남자가 힘 좋아 봤자 뭐 해요! 힘쓸

때 얼굴이 못생겨지는데!"

"윤석아! 남자 얼굴 그거 몇 년만 지나 봐라~ 아무짝에도 소용없어! 잘생긴 거 한순간이야! 그러니까 우리 막내 좀 만나 봐! 걔가 얼마나 바르고 건실하다구!"

"춘구 오라버니요? 싫어요! 잘생긴 건 한순간이라지만 못생긴 건 평생이잖아요!"

"이년아! 선배 말 새겨들어! 잘생긴 남자와 혼인하면 삼 년이 행복하고, 자상한 남자와 혼인하면 삼십 년이 행복하고, 지혜로운 남자와 혼인하면 삼 대가 행복한 거야! 우리 집 장손이 얼마나 지혜로운지 아니? 그러니까 한 번만 만나 봐!"

"장태 오라버니요? 싫어요! 지혜롭고 못생긴 남자랑 만나서 삼 대에 걸쳐 행복할 바에는 그냥 멍청하고 잘생긴 남자들이랑 삼 년마다 재혼할래요!"

이 일대에 혼기 찬 아들을 둔 사람들은 죄다 천아정을 며느리로 맞아들이고 싶어서 안달이다.

하지만 그녀에게는 이빨도 들어가지 않았다.

"저는 다른 건 안 보고 오직 딱 하나! 얼굴만 봅니다! 그럼 안녕, 여러분!"

천아정은 잔소리를 하는 동네 사람들의 말을 능숙하게 받아치며 집으로 향했다.

바로 그때.

어둠이 내려앉는 집, 어스름한 등불 빛이 새어 나오는 사랑채 안에서 두 남자의 목소리가 두런두런 들려온다.

"……그럼 이제 내 손녀딸을 받아 주는 겐가?"

"……고민해 보겠다."

조부와 낯선 객이 나누는 대화.

눈치로 짐작건대 분명 어제 왔던 그 못생긴 남자가 분명하다.

천아정의 두 눈에 불이 켜졌다.

'할아버지가 또!?'

어제의 그 객을 떠올리자 또다시 화가 난다.

잘생긴 남자가 아니면 싫다.

딱히 어제의 그가 얼굴에 화상을 입고 있었기 때문은 아니었다.

마치 예쁜 개미와 덜 예쁜 개미를 구분하는 것이 인간에게는 의미가 없듯, 일정 수준 이하의 미모는 화상을 입었거나 말거나 어차피 다 똑같아 보이는 것이다.

'안 되겠다. 이런 건 모질더라도 조금 과하게 쏘아붙이는 편이 나아.'

지금껏 수많은 남자들의 구애를 거절해 왔던 천아정이다.

괜히 어쭙잖게 여지를 남겼다가는 괜히 상대방에게 남기는 상처만 커질 뿐.

그래서 그녀는 평소보다도 훨씬 더 과격한 욕설로 혼담을

깨트리려 했다.

"후읍-"

깊은 심호흡을 한 번 한 뒤, 그녀는 곧바로 방문을 걷어차며 방 안으로 뛰어들었다.

"야 이 못난아! 언감생심도 유분수지! 니 얼굴에 감히 주제도 모르고 어딜 넘보는 거……!?"

하지만 바로 그 순간, 천아정은 내뱉던 말을 숨과 함께 턱 멈추어야 했다.

쇄양(鎖陽), 흑삼릉(黑三棱), 저령(猪苓), 파극천(巴戟天), 천남성(天南星), 절패모(浙貝母), 장근정회구(長根靜灰球), 삼백초(三白草), 춘침향(春沈香), 천년건(千年健), 창귀이자(蒼鬼耳子), 복령(茯苓), 옥촉서예(玉蜀黍蘂), 독비마자(毒蓖麻子), 절음빙편(絕音氷片), 혈갈(血竭), 시체(柿蒂), 남방토사자(南方菟絲子), 피풍초오(皮風草烏), 필징가(蓽澄茄), 토천궁(土川芎), 괄루근(栝樓根), 일천궁(日川芎), 백년숙지황(百年熟地黃), 호로파(胡蘆巴), 아마인(亞麻仁), 용안육(龍眼肉), 옥죽(玉竹), 백천골(魄川骨), 학슬(鶴虱), 곡기생(槲寄生), 혈포공영(血蒲公英), 나복자(蘿蔔子)…….

바닥에 깔려 있는 것은 수많은 약초들.

어제 그녀가 줄줄줄 읊었던 모든 재료들이 희귀한 것이든 희귀하지 않은 것이든, 하나도 빠짐없이 모조리 준비되어 있었다.

……그러나 천아정의 말문을 막히게 한 것은 그런 것들이

아니었다.

추이.

아무런 면구도 쓰지 않은 채 본래의 얼굴을 드러내고 있는.

그 맨얼굴을 마주하게 된 천아정의 표정은 멍하니 풀어져 있는 상태였다.

이윽고, 굳어 버린 그녀의 입술 사이로 작은 소리가 새어 나왔다.

…딸꾹!

꾹 누르고 있는 명치 속, 낭랑십팔세의 방심(芳心)에 난생 처음 겪어 볼 정도의 충격이 가해진 탓이다.

~~~

야심한 시각의 등천학관.

구예림 교관은 지금 야간 당직 근무를 서고 있었다.

근무처는 등천학관의 강의동 일 층 중앙광장에 있는 약재 보관소.

거대한 '口'자형 중정(中庭) 한복판에 있는 이 '누각 안의 누각' 속에는 온갖 종류의 희귀한 약초들과 영약들이 보관되어 있다.

구예림은 약재 보관소 안을 순찰하던 끝에 관리 직원 한

~~~

명을 만났다.

그는 약초들의 재고에 대해 파악한 뒤 명부를 작성하고 있었다.

구예림은 직원을 향해 슬쩍 물었다.

"혹시 제가 남는 약초들을 좀 받아 갈 수 있습니까?"

"예? 현무후님께서 약초를요? 어디 아프신가요?"

"네. 저번 전투에서 내상을 조금 입어서."

직원은 어리둥절한 표정으로 대답했다.

"교칙을 보면 등천학관의 교관님들께서는 한 해에 일정량의 약초를 배급받으실 수 있게 되어 있습니다. 현무후님은 그동안 한 번도 약초 배급 신청을 안 하셨어서 양이 꽤 되겠네요. 소급 적용이 되거든요."

"약재의 종류에는 제한이 없습니까?"

"거의 없지요. 영약을 반출하는 것은 힘들지만 영약을 만들 재료를 반출하는 것은 자유입니다. 물론 양에는 어느 정도 제한이 있지만요."

등천학관의 교관에게는 최고 품질의 약재나 영약들이 매 분기마다 지급되는 등, 일반인은 꿈도 꿀 수 없는 혜택과 특권들이 어마어마하다.

구예림은 붓을 들어 서류에 이런저런 약재들의 이름을 적고 끝에다가 수결을 맺었다.

'이것들을 토반옥으로 가져가서 영약을 하나 만들어야겠

다. 내상 회복에 좋은 걸로.'

물론 그녀는 영약을 먹을 생각이 없었다.

구예림이 지금 이렇게 평소 쓰지 않던 특권까지 써 가면서 약재를 받아 가는 이유는 단 하나다.

서문경 부교관.

자신을 구하기 위해 나섰다가 큰 내상을 입은 남자.

그를 위해 구예림은 이 야심한 시각에 굳이 약재 배급을 신청하고 있는 것이다.

'내 목숨을 구해 준 은인인데 이 정도는 당연하지.'

그녀는 자신의 행동에 계속해서 당위성을 부여하려 애썼다.

'꼭 그가 남자로 느껴져서가 아니라, 여자였어도 이렇게 했을 거야. 그럼그럼.'

굳이 서문경 부교관의 성별이 남자라는 사실을 의식할 필요는 없지만 그녀는 자연스럽게 그리하고 있었다.

때로는 생각하지 않으려 했으나, 사람의 머리는 본디 부정형 사고를 하지 못하게 되어 있다던가?

사과를 생각하지 않으려고 하면 할수록 사과를 더 생각하게 되는 것은 자연스러운 현상이었다.

'아니야. 이것은 그냥 유능한 부하를 아끼는 상관의 마음…….'

순간, 이런저런 생각을 하던 구예림의 발길이 뚝 멎었다.

바스락—

극히 미세한 소리.

여느 창고였다면 쥐새끼가 꼬리를 끄는 소리라고 생각했겠지만, 여기가 어딘가?

천하의 등천학관 아닌가.

등천학관의 중추(中樞)인 만큼 철저하게 관리되고 있는 약재 보관소 안에 쥐가 돌아다닌다는 것은 말이 안 된다.

"누구냐!?"

구예림은 곧바로 복도 너머의 창고 문을 열었다.

그러자.

펄럭—

그녀의 눈앞으로 별안간 검은 천 하나가 날아들었다.

약재가 담긴 궤짝을 덮어 두는 천이었다.

…퍼엉!

손바닥으로 천을 걷어 낸 구예림의 시야에 무언가가 들어왔다.

그림자. 어깨에 커다란 보따리를 짊어진.

동화책에서 나오는 도둑과도 같은 외형을 한 그림자 하나가 잽싸게 복도를 내달리고 있었다.

"어딜 도망가려고, 이 도둑놈이!"

구예림은 타구봉을 휘둘러 도둑을 잡으려 했다.

그 순간.

까-앙!

구예림의 타구봉을 막아 내는 창 한 자루가 불쑥 튀어나왔다.

도둑이 몸을 돌려 창을 내뻗은 것이다.

창과 타구봉이 맞부딪치는 순간, 구예림은 자신의 손목을 통해 뱀처럼 파고 들어오는 묵직한 내력을 느꼈다.

'……이건?'

구예림의 머리가 빠르게 돌아간다.

냉철한 수사관의 판단은 현시점에 창을 들고 활동하는 젊은 고수, 그중에서도 심후한 내력을 가진 자들의 용의선상을 순식간에 추려 냈다.

그녀는 확신을 담아 외쳤다.

"삼칭황천!"

아비를 죽인 원수가 눈앞에 있다.

하지만 어째서인지 구예림은 그가 불구대천의 적처럼 느껴지지 않았다.

아주 잠시, 그녀가 머뭇거리는 동안.

…퍼펑!

그림자는 눈앞에서 홀연히 사라져 버렸다.

"……."

구예림은 손을 들어 올렸다가 허탈한 표정으로 내렸다.

바닥에는 온갖 종류의 약재들만이 흩어져 있을 뿐이다.

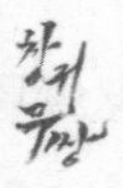

마치 그녀의 마음처럼, 어지럽게.

그로부터 나흘이 지났다.

추이는 다시 한번 천면자의 집을 방문했다.

천면자 천태경(千太庚).

그는 추이를 보자마자 반가운 기색으로 손을 흔들었다.

"우리 손녀사위 왔는가~"

"……."

"어른이 부르면 대답 좀 하게. 장조부(丈祖父)를 대하는 태도가 그게 뭔가, 에잉~"

추이는 천면자의 말을 무시하고는 마루 앞에 섰다.

"면구는 다 되었나?"

"그럼. 다 됐지."

등천학관의 약재 보관소를 털어 가면서까지 재료들을 조달했으니 이제는 결과를 받아 볼 때다.

그 와중에 구예림과 일합을 주고받게 된 것은 다소 뜻밖이었지만 말이다.

'……전보다 훨씬 더 강해진 것 같군.'

구예림의 타구봉을 맞받아쳤던 손목이 아직도 뻐근하다.

그녀는 창마와 싸우던 때보다도 훨씬 더 강해져 있었다.

아마 그날의 경험이 큰 자극제가 된 모양.

이제 구예림의 타구봉은 추이조차도 창을 안 쓰고 상대하기 어려운 경지에 이르러 있었던 것이다.

한편, 천면자는 방에서 흰 천에 싸인 무언가를 가지고 나왔다.

추이는 그것을 받아 풀어 보았다.

인피면구.

사백정 당삼랑의 얼굴이 그곳에 똑같이 재현되어 있었다.

천면자는 낄낄 웃으며 그 옆을 가리켰다.

"화상 자국 가득하던 다른 면구도 함께 제작해 봤네. 그것은 돼지 껍데기로 만든 것이긴 해."

"……."

추이는 당삼랑의 얼굴 옆에 있는 서문경의 얼굴도 함께 집어 들었다.

전에 추이가 만들었던 것은 열에 약해서 금방 녹아내리곤 했었는데 이것은 그것보다도 훨씬 더 튼튼했다.

서문경의 면구를 만지작거리는 추이.

그런 추이를 향해 천면자가 엄지를 치켜세웠다.

"자네가 만들었던 화상 얼굴 면구도 상당히 뛰어났어. 내 손녀가 간파하지 못했을 정도였으니까. 솔직히 나도 처음에 봤을 때는 긴가민가했다네."

"……."

추이는 천면자가 만든 두 개의 면구를 자세히 살폈다.
비록 칭찬을 듣기는 했으나, 천면자의 면구 제작 기술은 추이의 것과는 비교조차 할 수 없이 뛰어났다.
추이는 당삼랑의 면구를 얼굴에 쓰고 우물에 비친 자신의 모습을 보았다.
냉막한 인상의 미남.
사백정 당삼랑 본인이 그곳에 서 있었다.
이 얼굴을 보고 어찌 감히 당삼랑 본인이 아니라고 의심할 수 있을까.
추이 자신조차도 순간 자신의 정체성을 헷갈렸을 정도였으니 말 다한 셈이다.
추이는 당삼랑의 어조와 습관, 몸동작을 따라 해 보았다.
적향이 사채의 수적들을 이 잡듯이 털어 내 얻은 정보들이 취합된 결과, 추이는 당삼랑의 모든 것을 똑같이 재현할 수 있게 되었다.
더군다나 추이에게는 당삼랑의 혼백으로 만든 창귀까지 들러붙어 있다.
'……준비는 완벽하다. 바로 사천당가로 가도 되겠어.'
추이는 당삼랑의 면구를 벗어서 품에 집어넣었다.
사람 가죽으로 만든 가면이라는 점이 꺼림칙할 법도 하건만, 이미 나락곡의 적야차로 많은 세월을 보내 온 추이에게는 그저 무덤덤한 일이었다.

더군다나 이 얼굴 가죽의 원주인은 수많은 동족들을 학살했던 주범이 아니던가.

추이가 속으로 이런저런 생각을 하고 있을 때.

"소쩍궁- 소쩍-"

사립문 저 너머에서 노래 부르는 소리가 들려왔다.

천아정. 그녀가 밥상을 머리에 인 채 걸어오고 있었다.

저고리 고름 말아쥐고서-

누구를 기다리나 낭랑 18세.

버들잎 지는 앞개울에서-

소쩍새 울 때만을 기다립니다.

소쩍궁 소쩍궁 소쩍궁 소쩍궁-

소쩍궁 새가 울기만 하면-

떠나간 그리운 님 오신댔어요.

그때, 사립문 안으로 들어오던 천아정과 추이의 시선이 마주쳤다.

"어머나!"

순간 천아정은 머리에 인 밥상을 떨어트릴 뻔했다.

그녀는 저도 모르게 옆으로 게걸음을 쳐 사립문 뒤로 숨었다.

그것을 본 천면자가 혀를 끌끌 찼다.

"말만 한 계집애가 그 문짝 뒤에 숨는다고 가려지겠느냐? 에잉……."

"아이, 할아버님도 차암……."

천아정은 몸을 베베 꼬며 고개를 든다.

어느새 두 뺨은 복숭아색으로 물든 채다.

"……."

추이는 여전히 말이 없다.

천아정은 그런 추이를 제대로 쳐다보지도 못한 채 쭈뼛거렸다.

"이, 이제 오셨어요. 공자님?"

"……."

"오늘은 주무시고 가심이…… 이부자리도 펴 놨는데…… 바, 방은 행랑채에 따로……."

"……."

"아차! 진지 먼저 잡수실래요? 닭 잡아서 상 봐 왔는데. 수, 술도 받아 왔어요 여기! 이 고을 특산물이에요!"

그토록 드세고 앙칼지던 모습은 간 곳이 없다.

천아정은 재빨리 마루로 달려가 추이의 앞에 술상을 차려놓았다.

언제 잡았는지, 김이 모락모락 올라오고 있는 씨암탉 한 마리가 뚝배기 속에서 아직도 보글보글 끓고 있다.

그 옆에는 백자에 담긴 술 한 병이 놓여 있었다.

천아정은 재빨리 부엌으로 가서 밥 한 그릇을 퍼 왔다.

추이의 앞에 놓여진 밥그릇을 본 천면자가 황당하다는 듯 혀를 끌끌 찼다.

"이건 뭐, 고봉밥을 넘어서 아예 그릇 위에 천산산맥을 쌓아 놨구나. 마교 놈들이 쳐들어왔다가 이것에 막혀서 못 넘어오겠다. 이럴 거면 그냥 두 그릇에 나눠서 줘!"

"……."

순간 천아정의 눈이 가늘어진다.

그 샐쭉한 눈빛을 받은 천면자는 입맛을 다시며 슬그머니 고개를 돌렸다.

"어서 잡수셔요! 식어요!"

조신하게 앉은 천아정은 추이에게 식사를 권한다.

큼지막한 닭다리까지 하나 찢어서 내밀며.

하지만.

"목적을 이루었으니 됐다. 이만 가지."

추이는 별다른 말 없이 마루 위에 돈 자루를 올려놓았다.

그러고는.

쌩—

찬바람과 함께 그대로 사립문 밖으로 나가 버렸다.

아직 식지 않은 닭다리를 추이의 그릇에 놓아 주려던 천아정.

그녀는 추이가 사라져 버린 방향을 보며 애섧게 탄식했다.

"크흑…… 존나 사랑했는데……."

"손녀야. 동네 논밭이 죄다 흉년인데 오직 니 지랄만 풍년

이로다.”

“에이 씨. 할아버지는 알지도 못하면서! 저런 폭력적인 미모가 어디 흔한 줄 알아?”

“폭력적이라고? 그게 무슨 말인고?”

“내 심장을 막 두들겼으니까 폭력적이지. 이 봐. 이 가슴팍 다 멍든 것 봐.”

“어이구 숭해! 옷깃 여며라 이것아!”

“에효. 저런 외모를 또 어디 가서 보나…… 천 년에 한 번 나올까 말까 할 정도인데…….”

밥상머리 앞에서 깊은 한숨을 내쉬는 천아정.

그런 손녀를 보는 천면자는 이해가 안 된다는 듯 물었다.

“방금 그 놈팡이가 그렇게 잘생겼더냐? 이 할애비가 보기에는 그냥 여리여리한 계집애 같던데. 솔직히 언뜻 봐서는 남자인지 여자인지 잘 구분도 안 가더구만. 자고로 잘생긴 남자라 면 선이 굵고 늠름해야…….”

“할아버지는 아무것도 몰라. 여자가 봐서 잘생겼다고 하는 얼굴이 진짜 잘생긴 거야. 남자들은 뭔 사각턱에 쌍꺼풀 짙고 눈깔만 이글이글 부리부리하면 다 잘생겼다고 하드만.”

“에잉- 뭐 아무튼. 저렇게 기생오래비처럼 생긴 면면들은 항주나 개봉에서도 많이 봤지 않누?”

“아냐 아냐. 비교 자체가 안 돼. 도회지의 난다긴다하는 화화공자들도 저 공자님 옆에 서면 죄다 오적어(烏賊魚)로 보일걸? 나도 미남들 많이 봤는데 저런 미모는 정말 처음이었다구. 그 뭐랄까. 뿜어져 나오는 기운 자체가 다르달까.”

“……그러게 처음 혼담 제의했을 때 이 할애비 말을 듣지 그랬누?”

“말하지 마 할아버지. 안 그래도 나 그게 평생의 한으로 남을 것 같으니까.”

시무룩한 표정으로 낯술을 까는 천아정이었다.

사마여리.

그녀는 요즘 학관 생활에 재미를 붙이고 있었다.

수업에 집중할 수 있으니 성적이 오르고, 성적이 오르니 장학금이 나왔다.

후원금 덕분에 생활비 걱정을 하지 않아도 되니 비로소 주변에 시선을 둘 수 있었다.

자연스럽게, 그동안 진흙 속에 묻혀 있었던 그녀의 재능은 여름비를 맞이한 연꽃처럼 피어나기 시작했다.

어느새 그녀는 주작관을, 아니 학관 전체를 대표하는 최우수 생도가 되어 가고 있었던 것이다.

물론 사마여리를 아니꼽게 보는 시선들이 없는 것은 아니었다.

아직 극히 일부 불량한 생도들의 경우에는 뒷배도, 연줄도 없는 사마여리의 승승장구를 배아파 하는 이들도 있었으니까.

그러나. 사마여리에게 절친한 친구 두 명이 생기고 나서부터는 그러한 일말의 시비조차도 완전히 사라져 버렸다.

청룡관의 검화(劍花) 남궁율, 그리고 백호관의 도화(刀花) 호예양.

셋은 경공 수업을 함께 들으며 자연스럽게 친해졌고 이제는 학관에서 가장 의지할 수 있는 사이가 되어 있었다.

언제나 의견이 일치하고 취향도 비슷했던 셋.

오늘도 셋은 공강 시간에 함께 모여 식사를 하고 있었다.

……다만.

오늘의 대화 주제와 분위기는 평소와 조금 달랐다.

"그러고 보니 소식 들었어요?"

사마여리 본인이 별생각 없이 꺼냈던 화제 때문이었다.

"교내에 삼칭황천이라고 하는 사람이 나타났다고 하던데. 약재 보관소에요."

"……!"

"……!"

순간. 사마여리의 말을 들은 두 여자의 몸이 굳었다.

남궁율과 호예양이 약속이라도 한 듯 거의 동시에 소리쳤다.

"언제요!?"

"으왓!? 깜짝이야."

사마여리는 젓가락으로 집었던 고기 완자를 떨어트릴 뻔했다.

이 고기 완자는 '어느 순간'부터 사마여리가 가장 좋아하는 반찬이 되었다.

그래서 사마여리는 고기 완자가 바닥에 떨어지지 않도록 다시 젓가락으로 잡아 조심스럽게 밥 위에 얹어 놓았다.

"어, 언제인지는 저도 잘⋯⋯ 그냥 지난밤이라고만 들었어요."

"⋯⋯."

남궁율과 호예양의 표정이 묘하게 변했다.

둘 다 무언가를 깊게 생각하고 있는 표정.

사마여리는 의아하다는 듯한 시선으로 물었다.

"삼칭황천이라는 사람에 대해 아세요?"

"으음⋯⋯."

호예양이 먼저 입술을 달싹였다.

남궁율 역시도 뭔가 말하고 싶은 기색이었다.

이윽고, 호예양이 은근슬쩍 사마여리에게 물었다.

"너는 어떻게 알고 있어? 삼칭황천이라는 사람에 대해서."

"저는 잘 몰라요. 언니가 깜짝 놀라시길래 그냥 여쭤봤던 거예요."

"아니, 그러니까. 대략적으로라도. 어디서든 들어는 봤을 거 아냐. 요즘 완전 장안의 화제니까."

호예양의 질문을 들은 사마여리는 고개를 갸웃하며 대답했다.

"음. 정, 사파의 고수들과 골고루 마찰이 있었다고 들었던 것 같아요. 특히나 장강수로채의 수적들과 싸웠던 것으로 유명하지 않나요? 아, 화산파랑도요."

"그렇게 알고 있구나."

"네. 요즘 생도들 사이에서 논쟁이 많아요."

그러자 이번에는 남궁율이 호기심을 보였다.

"무슨 논쟁인데?"

"음. 삼칭황천이라는 사람이 협객(俠客)인가 마두(魔頭)인가로……."

사마여리가 들었던 내용을 곧이곧대로 대답하려는 순간, 두 여자가 버럭 소리쳤다.

"무슨 소리야! 당연히 협객이지!"

남궁율과 호예양은 이번에도 똑같이 소리쳤다.

어찌나 크게 소리쳤는지 식당에 있던 근처 생도들의 시선이 죄다 이쪽으로 쏠렸을 정도였다.

하지만 그럼에도 불구하고 두 여자는 사마여리에게 자신들만의 사상을 강요하고 있었다.

"급시우라는 별호가 왜 붙었겠어. 진짜야! 그는 협객이라고! 이 시대의 마지막 의협이란 말이야!"

"자. 따라 해 봐. 협. 객."

"???"

사마여리는 얼떨떨한 표정으로 고개를 끄덕였다.

남궁율과 호예양은 계속해서 입을 열었다.

"자세한 내막은 말할 수 없지만…… 나만은 그가 이 시대의 진정한 의협이라는 사실을 알고 있어. 너희들에게 이 얘기를 다 할 수가 없어서 정말 아쉽다. 가문 내의 대외비들이 복잡하게 얽혀 있어서 말이야. 남녀 간의 말하기 힘든 문제도 좀 섞여 있기도 하고."

"저도요 언니. 직접 보고 겪은 것들이 있기는 한데, 이걸 말해 버리면 여러모로 추궁당할 일들이 생겨서요."

"어머, 내가 잘못 말했네. 나는 직접 보고 겪은 것들이 다가 아니라 정말 진짜로 피부로 와닿는 찐-한 경험을 했거든."

"저도 진짜 완전 볼꼴 못 볼꼴 다 본 사이라서요."

"뭐? 추…… 아니 삼칭황천 님이랑 네가 무슨 사이인데? 그게 무슨 말이야?"

"그러는 언니야말로 피부로 와닿는 찐한 경험이 뭔가요?"

호예양이 추궁하는 순간, 남궁율은 머릿속에 장강에서의 입맞춤을 떠올렸다.

알몸으로 뒤엉킨 채 몇 번이고 했던 입맞춤.

비록 물을 토해 내게끔 하기 위한 인공호흡이었고 체온을 올리기 위한 고육계였지만…… 좁고 어두운 공간 속에서 젊은 남자와 알몸으로 뒤엉켰던 경험을 쉽게 잊을 수는 없다.

그전까지 남자라고는 전혀 모르던 남궁율에게 있어 그것은 평생 잊지 못할 기억이었다.

"그, 그러는 너는?"

"……네? 저, 저요?"

남궁율의 반격 앞에서 호예양 역시도 얼굴이 빨갛게 달아오른다.

호정문을 떠날 때 했던 입맞춤.

비록 자신 쪽에서 일방적으로, 강제로 한 것이기는 했지만 분명히 하기는 했다.

당연하게도, 그것이 호예양의 첫 입맞춤이었던 것이다.

"……."

"……."

두 여자는 한동안 얼굴만 벌겋게 달아오른 채 침묵했다.

먼저 입을 연 쪽은 남궁율이었다.

"아, 아무튼. 삼칭황천, 그는 이 시대의 유일한 협객이라고 봐도 돼. 나는 그렇게 생각해."

"동감이에요."

호예양 역시도 얼른 남궁율의 말에 맞장구쳤다.

하지만 지금 중요한 것은 결론이 아니다.

그녀들의 관심사는 온통 서로의 전 발언에만 쏠려 있었다.

'볼꼴 못 볼꼴 다 봤다는 게 뭐야? 뭔데?'

'피부로 와닿는 찐한 경험이 뭐냐고 대체!'

서로의 발언이 계속 귓가에 맴돈다.

남궁율과 호예양은 서로를 향해 계속해서 손가락을 꼼지락거리고 있었다.

바로 그때. 다소 뜬금없는 순간 사마여리가 발언했다.

"저는 두 분의 말씀에 다소 어폐가 있다고 생각해요."

"응? 왜?"

두 여자가 사마여리를 돌아본다.

사마여리는 배시시 웃으며 말했다.

"아까 삼칭황천이 이 시대의 '유일한 협객'이라고 하셨잖아요. 그런데 제 생각에는…… 한 명이 더 있거든요. 협객."

"그게 누구야?"

남궁율과 호예양은 의아하다는 듯한 시선으로 사마여리를 바라본다.

그리고 이내, 사마여리의 입술이 살포시 달싹였다.

"서문경 부교관님이요."

그녀에게 있어서 영웅은 단 하나뿐이었다.

삶을 포기하려던 그녀가 마지막 순간, 생존의 의지를 붙잡을 수 있게 만들어 주었던 단 한 사람 말이다.

"그분이 얼른 돌아오셨으면 좋겠어요."

사마여리의 말에 남궁율과 호예양은 천천히 고개를 끄덕였다.

"하긴. 그분의 수업이 좋기는 하지."

"계속 보다 보니 인품도 훌륭하신 것 같고."

그 부분에 대해서는 그녀들도 동감이었기 때문이다.

현무관의 교관 구예림.

그녀는 지금 기분이 매우 좋지 않았다.

어제 큰마음 먹고 약재 보관소에 가서 약재들을 배급받으려 했는데 웬 도둑이 드는 바람에 다 무산되었다.

게다가 그 도둑놈이 하필이면 자신이 배급받으려 했던 재고들만을 탈탈 털어 갔기 때문이었다.

'삼칭황천. 정말 그였을까?'

다른 수사관들은 약재 보관소에 남은 흔적만으로는 흉수를 특정할 수 없다고 했다.

그래서 구예림은 그 문제에 대해 관심을 어느 정도 거둔 뒤였다.

다만.

'……이래서는 서문경 부교관에게 줄 보약을 만들 수가 없지 않나.'

혹시나 해서 개방 본진에 있는 스승에게 연통을 넣어 봤지만 '제 서방 몸보신 시키려고 본방 약재를 죄다 거덜낸다'고 욕이나 한 사발 얻어먹었을 뿐이었다.

'진짜 그런 거 아닌데.'

구예림은 억울한 마음으로 남은 약재들이나마 긁어모아 보약을 달였다.

'이건 그냥 유능한 부하를 아끼는 마음이라니까.'

그녀는 스스로를 세뇌하듯 몇 번이고 되뇌었다.

그러고는 손에 쥔 보약을 품에 소중히 꼭 끌어안은 채 기숙사동으로 향했다.

이윽고. 구예림은 서문경 부교관의 관사 앞에 섰다.

똑똑똑—

문을 두드리자 안에서 발소리가 들려온다.

도도도도……

그 발소리를 들은 구예림은 저도 모르게 미소를 지었다.

'발소리도 은근 귀엽네.'

그러고는 스스로도 화들짝 놀라 고개를 젓는다.

'미쳤나 봐. 귀엽긴 뭐가 귀여워. 발소리'도'라니…… 그럼 또 뭐가 귀여웠는데. 아, 내가 왜 이러지 진짜.'

그러는 동안 문은 열린다.

이윽고, 구예림은 두 눈을 꾹 감은 채 품에 안고 있던 보약을 내밀었다.

"이, 이거 주려고 왔다!"

그녀는 빠르게 덧붙였다.

"오해하지 마라! 다른 뜻은 절대 없고! 그냥 휴가 동안 몸조리 잘하고 얼른 업무로 복귀하라는 뜻에서…… 응?"

구예림의 표정이 순간 묘하게 변했다.

눈을 뜨자 보인 것은 서문경 부교관의 모습이 아니라 이 방의 전담 시비인 영아의 얼굴이었다.

"안녕하세요 현무후님!"

영아는 동경하던 구예림을 만났다는 것에 눈을 반짝반짝 빛내고 있었다.

구예림은 헛기침을 하며 보약을 슬쩍 뒤로 숨겼다.

"어흠- 그, 그래. 서문 부교관은 안에 있나?"

"아뇨. 방에 안 계세요."

"그렇구나. 이건 병문안 선물이니 안에 넣어 두거라. 돌아오면 먹으라고 하고. 아, 내가 전해 주러 왔었다고도 좀 전해다오. 꼭 '직접' 왔었다고 말이다."

보약을 앞으로 내밀던 구예림은 순간 무슨 생각이 들었는지 손을 뒤로 물렸다.

"아니다. 생각해 보니 내가 직접 얼굴 보면서 전해 주는 편이 낫겠군. 내일 다시 오겠다. 서문 부교관은 보통 언제 방에 있지?"

"으음. 잘 모르겠어요. 한 달이나 관사를 비우시니……."

"뭐? 한 달? 관사를 비워?"

영아의 말을 들은 구예림의 두 눈이 동그랗게 변했다.

영아는 고개를 끄덕이며 대답했다.

"네. 휴가 동안 잠시 여행을 다녀온다고 하셨거든요. 세이레는 걸릴 것이라 하셨었어요."

"그렇게나…… 몸도 안 좋으면서 어딜 돌아다니겠다고…… 아니, 잠깐만."

구예림의 눈썹이 꿈틀 움직였다.

'아무리 휴가라고 해도 그렇지. 그렇게 오래 위수 지역을 넘어갈 거면 직속상관에게 보고 한마디쯤은 했어야 하는 거 아닌가? 내가 기억하기로는 그 조항이 교칙에도 나와 있는데?'

물론 그녀는 지금껏 휘하에 있는 다른 부교관들이 휴가를 얼마나 쓰든, 휴가 동안 어디를 가든 전혀 신경 쓰지 않아 왔다.

하지만 어째서일까? 서문경 부교관에게만큼은 뭔가 엄격하게 규칙의 잣대를 들이대고 싶은 이 마음은.

'그러니까…… 나한테 말 한마디 정도는 하고 갈 수 있었잖아?'

이것이 서운함의 영역이라는 것을 그녀는 자각하지 못하고 있었다.

"일단 알겠다. 이 보약은 나중에 내가 직접 전해 주도록

하지."

구예림은 영아의 어깨를 툭툭 쳐 주고는 돌아섰다.

"어떡해…… 현무후님…… 너무 멋있어……."

영아는 돌아서는 구예림의 뒷모습을 바라보며 상기된 얼굴로 코피를 쏟았다.

하지만 정작 구예림은 속으로 전혀 다른 생각을 하고 있었다.

'서문경 부교관…… 돌아오면 아주 호되게 질책해 주겠어.'

호되게 질책을 하려면 일단 불러야 한다.

여럿이 보는 곳에서 질책을 하면 체면이 상할 수 있으니 따로 불러내어, 단둘이 있는 공간에서 혼내는 것이 나으리라.

'그래. 혼내야지. 둘이서. 단둘이 있는 데서. 단둘이…….'

아까부터 계속, 화를 낼 생각보다는 자꾸 다른 곳에 꽂히고 있는 구예림이었다.

다음 권으로 이어집니다